© Noblesse

문정희

전남 보성에서 나서 서울에서 성장했다.

1969년《월간문학》신인상으로 등단했으며 시집『오라, 거짓
사랑아』,『양귀비꽃 머리에 꽂고』,『나는 문이다』,『다산의 처녀』,
『카르마의 바다』,『웅』등 다수와 시선집『지금 장미를 따라』외에
장시집, 시극, 에세이집 등이 있다.

영어, 프랑스어, 독일어, 스웨덴어, 스페인어, 러시아어, 일본어,
인도네시아어 등 9개 국어로 출판된 11권의 번역 시집이 있다.

미국 아이오와대학 IWP(1996), 버클리 대학(2006, 2009), 이태리
카포스카리 대학(2011), 프랑스 시인들의 봄 및 세계 도서전(2013,
2016), 스웨덴 스톡홀름대학(2014), 쿠바 아바나 북 페어(2015),
스페인〈책의 밤〉(2014) 등 다양한 국제 행사에 초청받았다.

현대문학상(1976), 소월시문학상(1996), 정지용문학상(2004),
육사시문학상(2013), 목월문학상(2015)과 한국예술평론가 협회
최우수 예술가상(2008), 대한민국 문화예술상(2015)을 수상했다.

마케도니아 세계시인 포럼에서 수여하는 "올해의 시인상"(2004),
스웨덴 노벨상 수상시인 하뤼 마르틴손 재단이 수여하는
시카다(Cikada)(2010)상을 수상했다.

고려대학교 문창과 교수 역임, 현재 동국대학교 석좌교수로
재직 중이다.

디자인
유진아

지금
장미를
따라

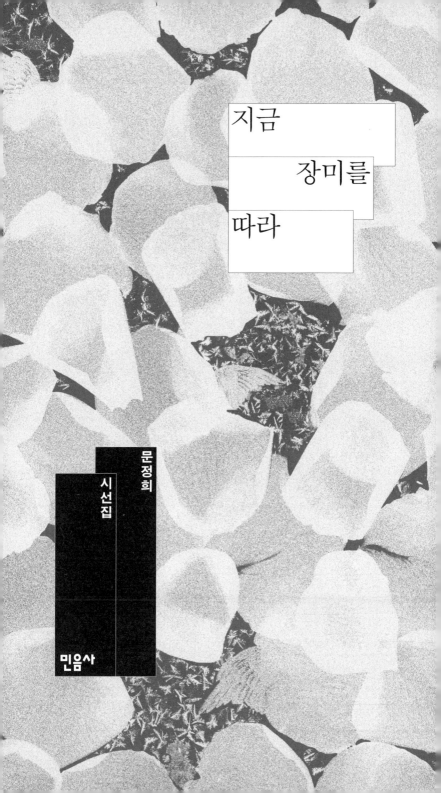

지금

장미를

따라

문정희

시선집

민음사

나의 슬픔, 나의 보석
—『지금 장미를 따라』 증보판을 내며

여기 이 시선집 『지금 장미를 따라』는 첫 시집부터 최근에
나온 시집까지 총 13권의 시집에서 가려 뽑은 새 시선집이다.
10번째 시집 『나는 문이다』(2007)까지만 포함되었던 것에다
『다산의 처녀』(2010), 『카르마의 바다』(2012), 『웅』(2014)을 추가한
증보판 시선집인 것이다.

『지금 장미를 따라』는 그동안 판을 거듭하며 많은 사랑을 받았고,
세계의 여러 언어로 번역되는 기쁨도 함께 누리게 해 준
시선집이다. 처음 시선집을 낼 때 "오랫동안 숨죽여 울며
황금 시간을 으깨 만든 이건 오직 나의 슬픔, 나의 보석"이라고
했던 기억이 새롭다.

오늘은 이런 생각이 든다.

하늘이여, 새여
먹어라

아나! 여기 있다

나의 몸
나의 암흑

새 땅이다.

'나의 펜'은 피다. 나는 쓴다. 고로 존재한다.
이것이 전부이다.

시선집 『지금 장미를 따라』를 독자들이 다시 만날 수 있도록
정성을 다해 출판해 주신 민음사에 진심으로 감사를 드린다.

2016년 여름
문정희

차례

3부

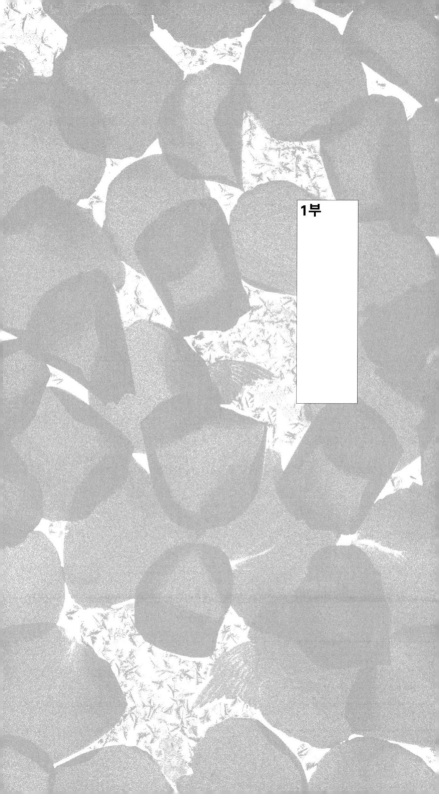

1부

눈을 보며

눈은 하늘에서 오는 게 아니라
하늘보다
더 먼 곳에서 온다

여기 나기 전에
우리가 흔들리던 곳

빈 그네만이 걸려 있는
고향에서 온다

첫 살에 부서지는 그대 머리칼이
반가운 것은
그 때문이다

한 생애에 돌아오는 목소리이다

우리들의 호기심
우리들의 침묵이 닿지 않는 곳

그렇게 먼 곳에서

눈은 달려와

비로소 한 조각의 빛깔이 된다

새에게 쫓기는 소녀*

풀들은 푸들푸들 떨고만 있었다. 치마에서 꽃들이 일제히 뛰어나와 눈을 동그랗게 뜨고 뛰어다녔다. 총도 소녀를 구해 주진 못했다. 햇빛은 사방으로 빠져나가고 소녀는 쪼였다. 오, 열쇠 열쇠, 땀방울들이 소리를 질렀다. 소녀 눈에서 마지막 눈물이 뚝! 떨어져 나무 끝에 빨갛게 매달려 버렸다. 사방에 흩어지는 깃털. 종이 울리고 긴 강이 흉흉한 걸음으로 흘러가고 있었다.

* 파울 클레의 그림 「새에게 쫓기는 소녀」

만가(挽歌)

지금 서울에는 비가 내린다
저 어두운 노래 속을 꿰어 다니는
한 방울의 짧은 죽음

낯설고 흉흉한 처마 밑에
시간은 소리 한번 지르지 못하고
주저앉아
흰 이마를 적시고 있다

그러나 하늘에도
끝이 있어서 조금 후면

죽은 시간이 떼 지어 흐르는 소리로
사방은 흔들리고

내가 두고 간 만큼의 그림자를 벗으면
곧 날이 새겠지

신랑이여

너와 나눠 가질 수 없는
단 한 방울의 죽음을
빛으로 뿌리기 위해

나는 지금
천둥이 되려고 한다

유령

I
나는 밤이면 몸뚱이만 남지

시아비는 내 손을 잘라 가고
시어미는 내 눈을 도려 가고
시누이는 내 말〔言〕을 뺏아 가고
남편은 내 날개를
그리고 또 누군가 내 머리를 가지고
달아나서
하나씩 더 붙이고 유령이 되지

깨소금 냄새 나는
몸뚱이 하나만 남아
나는 밤새 죽지

그리고 아침 되면 다시 떠올라
하루 유령이 내가 되지
누군지도 모르는
머리를 가져간 그 사람 때문이지

II

사람들은 왜 밤에 더욱 확실해지는가
나는 또 누워서 천 리를 가지
죽은 내 머리 위엔 금관을 씌우고
또 하나의 머리 위엔 날개도 달고
또 하나의 머리 위엔 기와집 짓고
또 하나의 머리 위엔 왕자가 오는 길도 보이게 하고
또 하나의 머리 위엔 피리도 매달고
찬물도 떠 놓고 뱀도 키우고

이렇게 머리는 천 리를 가고
물고기 뼈도 닿지 않는 수심 천 리의 천 리를 가고
밤이면 서러운 몸뚱이만 남지
몸뚱이만 벌겋게 남아 뒤채이지

폭풍우

내 허리를 휘감아 줄
사내는 없는가

저 야생의 히스크리프처럼 털이 세고
하나밖에 다른 것은 모르는 밤의

다시는 용납할 수 없는
아픔이 땅 위를 딩굴고 있다

붉은 머리 풀어헤치고
으르렁거리는

목 아프도록 징그러운
그리움이여

먼 바람 속에서
무덤이 나를 삼키려
달겨든다

죽은 에미의
밥상에서는 그릇이 저 혼자 깨지고

수천 번 쏟아지는
서슬 푸른 기침을 따라

밤새 비단벌레 같은 여자가
하늘로 하늘로 오르고 있다

불면

사막을 걸었다

흐르는 모래 위의
달빛에 감기어
끈끈한 비밀들이
몸 비비는 소리

더러는 하얀 빛을
지우지 못하여
지금 모든 뜰의
꽃잎들은 흔들리고 있다

내가 때 묻은 만큼
빛나는 손톱 끝에서
바람이 변하여
비가 내리고

벗어나지 못하는
슬픈 둘레

그 사이에 끼인
뜨거운 하늘을 이고
내가 떠오르고 있었다

새 떼

흐르는 것이 어디 강물뿐이랴
피도 흘러서 하늘로 가고
가랑잎도 흘러서 하늘로 간다.
어디서부터 흐르는지도 모르게
번쩍이는 길이 되어
떠나감 되어

끝까지 잠 안 든 시간을
조금씩 얼굴에 묻혀 가지고
빛으로 포효하며
오르는 사랑아
그걸 따라 우리도 모두 흘러서
울 이유도 없이
하늘로 하늘로 가고 있나니

콩

풀벌레나 차라리 씀바귀라도 될 일이다
일 년 가야 기침 한 번 없는 무심한 밭두렁에
몸을 얽히어
새끼들만 주렁주렁 매달아 놓고

부끄러운 낮보다는 밤을 틈타서
손을 뻗쳐 저 하늘의 꿈을 감다가
접근해 오는 가을만 칭칭 감았다
이 몽매한 죄
순결의 비린내를 가시게 하고
마른 몸으로 귀가하여
도리깨질을 맞는다
도리깨도 그냥은 때릴 수 없어
허공 한 번 돌다 와 후려 때린다
마당에는 야무진 가을 아이들이 뒹군다
흙을 다스리는 여자가 뒹군다

소

한 번도 꺼내지 않았던 슬픔
끝내 입 다물고 떠나리
마지막 햇살에 떨고 있는
운명보다 더 무서운 이 살 이끌고

단 한 번의 자유를 위해
머리에 심은 뿔, 고목처럼 그대로 주저앉히고
보이지 않는 피의 거미줄에 걸린
흑인 오르페처럼 떠나리
어쩔 수 없다
눈에서 떨어지는 누우런 불덩이
저 하늘 이것 하난
용납하시리
실은 이미 순하게 꿈에 들었고
삐걱삐걱 뼈로만 그저 걸어서
한 번 가면 다시는 오기 힘든 곳으로
떠나가는 소야! 소야!
여기 나는 어떤 모습이냐?

선언

지금까지는 무효다
이 침묵도 무효다

강요당한 침묵의 밧줄
아 아 세상에

봄조차도
침묵으로 말하고 있다

내가 없다
그러나, 내가 살고 있다

무효다
이 봄은 무효다

정월 일기

비로소 우리들의 침묵이
거짓임을 알았다
매일 저녁 그대가 만취하여
돌아오는 이유도

왜 시가 암호처럼 어려워야 하며
신문은 조석 없이 휴지가 돼 버리는가를

사랑하는 어머니
지금 내가 할 수 있는 최대의 애정은
이 어두움과 배고픔을 참는 일이 아니고
그대 품에 온몸으로 쓰러지는 일인가

식어 버린 가슴들 부끄러이 깨워
바람 키우는 숲이 되는 일인가
단 두 개를 못 가져서
소중한 목숨

소처럼 굴레 쓰고는

그 목숨의 비밀을 실천할 수 없어
허리 부러진
슬픈 어머니

흐르고 흐르면 큰 강이 된다는
그 평범한 물이나 될까?

새의 행방

날을 수 없는 시간의 가지 위
눈멀고 말 못하고

부호로만 울던 새
어디서 죽나

내 안에서 죽어
시 쓰는 저녁
불로 살아나고

허공 밖의 눈이 되어
아픔으로 서성이고

파도에 씻기고 씻겨서
함성으로 눕는 바다이더니

오늘은 썩은 나무의 어깨를 잡고 흔드는
바람 속에서

생각다 생각다 못해

흰머리가 된

그 젊은 새들의

무덤을 본다

응시

우리가 말하지 않는다 해서
오해 말라

살[肉]은 무섭지만
그러나
말하지 않는 눈은 더욱 무섭다

느닷없이 날아온 활촉에 맞아
뜨건 피로 쓰러지는
여름새 되어

저 방화를 일삼는 하늘 복판의
검은 제왕을 떠받든 채
죽는다 한들
우리의 눈이야 깊이 죽으랴

눈 속의 빛은 싹터서 아이 눈 속의 빛이 되고
그 빛이 아이의, 아이의
아이 눈 속의 빛이 되리니

사방 번쩍이는

빛이 이렇게

너를 끝까지 보고 있도다

촌장

촌장님 용서하셔요
쑥처럼 뻣세져서
산불을 보고도 놀라지 않고
역신과 자고 있는 아내를 봐도
무심한 이 눈을
눈을 빼서 꽃씨처럼 종이에 싸서
한 십 년 후에 오는 봄에
뿌리려 함을 용서하셔요

어둠이 쌓이고 쌓여서
새벽을 만든다지요
"불을 끄라! 불을 끄라!
눈에 켠 불을 끄라!
적이 온다 중요한 시기다
이때 빠꼼대는 게 그 누구얏!"

촌장님
이때 속 노래함을 용서하셔요
"절망을 부끄러워 마라

수많은 잎처럼
쌓이고 쌓여서
썩어 문드러져
호수 속의 노래 되어
졸졸 흐를지니"

아, 울다가 잡혀간 친구를
기다리는 이 겨울

참회 시 I

말로써 우리가 감동되던 시대는 갔다
우리들은 모두 어두움 속에서 더욱 빛나는
별이 되어
몸으로 울라
몸으로 울라
온몸으로 통곡하는 것이
이 시대의 감동이다

봄이 오면
내 기다림과 부끄러움을 말하리라
새벽이 오면
나는 꿇어앉아 기도하리라
손풍금 소리 같은 나이 어린 자유
눈멀고 힘 잃은
결코 순백해야만 하는 우리 어머니 앞에
바람 따라 쏠려 다니던
죽은 말들의 서러움을
말이 다시 노래가 되고
노래는 흐르고 흘러서

아, 감동의 푸른 나무로 부활되기를

겨울 일기

나는 이 겨울을 누워 지냈다
사랑하는 사람을 잃어버려
염주처럼 윤나게 굴리던
독백도 끝이 나고
바람도 불지 않아
이 겨울 누워서 편히 지냈다

저 들에선 벌거벗은 나무들이
추워 울어도
서로 서로 기대어 숲이 되어도
나는 무관해서

문 한 번 열지 않고
반추동물처럼 죽음만 꺼내 씹었다
나는 누워서 편히 지냈다
사랑하는 사람을 잃어버린
이 겨울

고독

그대 아는가 모르겠다

혼자 흘러와
혼자 무너지는
종소리처럼

온몸이 깨어져도
흔적조차 없는 이 대낮을

울 수도 없는 물결처럼
그 깊이를 살며
혼자 걷는 이 황야를

비가 안 와도
비를 맞아 뼈가 얼어붙는
얼음 번개

그대 참으로 아는가 모르겠다

술병의 노래

웬일일까?
이 겨울
만나는 가슴마다 흔들어 보면
술병처럼 맑고 뜨거운 물 목까지 차서
조금씩 분해하고
부끄러워하니

브랜디 빛 아름다운 광기를 숨기고
넘치는 유혹, 더운 음모
푸른 술병 속에 감쪽같이 숨기고
모두들 뒷모습만 보이고 있으니

부딪치면 깨어지는 위험한 몸들
아프게 부딪치어
별을 떨구며
슬픔처럼 독한 술 목까지 채우고
동해 바다 포효를 가슴까지 채우고

입마다 쇠 마개 쓰고

입마다 쇠 마개 쓰고

겨울 거리 어디론가 실려서 간다

타국에서

친구여
나는 시방 답장을 쓸 수가 없다

나라를 떠날 때에
나라말도 함께 그곳에 두고 왔으므로

펄펄 살아 뛰는 말은
위험해서
골방에 자물쇠로 깊이 잠궈 두었고

이곳저곳 떠돌아
거품이 된 것들만
편리한 친구들에게 남겨 두었다

친구여
그래서 시방은 답장을 쓸 수가 없다

해 뜨고
새가 나는

이곳에서도

내 말은 모두 그곳에 있으므로

4월에는

4월에는
비로소 용서하고
가슴을 여는

날개의 몸짓으로
가득하다

4월에는
어두운 골목에 빛을 뿌리고
침몰한 배에 못질을 치던

젊은 이마가 때리는
종소리로 가득하다

그 후
4월에는
기도처럼 하얀 내 가슴에

뜨겁게 진

그 님들의 목소리로 가득하다

바다 앞에서

문득, 미열처럼 흐르는
바람을 따라가서

서해 바다
그 서럽고 아픈 일몰을 보았네

한 생애
잠시 타오르던
불꽃은 스러지고
주소도 모른 채
떠날 채비를 하듯
조용히 옷을 벗는 해안선을 보았네

아, 자연
당신께 드리는 나의 선물은
소슬히 잊는 일뿐

더운 호흡으로 밀려오던
눈과 파도와

비늘 같은 욕망을
잊는 일뿐이었네

잊는다는 일 하나만
보석으로 닦고 있다
떠나는 날
몸과 함께 땅에 묻는 일이었네

보석의 노래

만지지 말아요
이건 나의 슬픔이에요
오랫동안 숨죽여 울며
황금 시간을 으깨 만든
이건 오직 나의 것이에요

시리도록 눈부신 광채
아무도 모르는
짐짓 별과도 같은
이 영롱한 슬픔 곁으로
그 누구도 다가서지 말아요

나는 이미 깊은 슬픔에 길들어
이제 그 없이는
그래요
나는 보석도 아무것도 아니에요

식기를 닦으며

식기를 닦는다

이 식기를 내가 이렇게
천 번을 닦아
이것이 혹은
백자가 된다면
나는 만 번을 닦으리라

그러나
천 번을 닦아도 식기인 식기
일상이나 씻어 내는 식기인 식기를 닦으며
내 젊은 피 닳히고 있느니

훗날 어느 두터운 무덤 있어
이 불길 덮을 수 있으랴

황진이의 노래 1

나는 바람인가 봐요

담도 높은 대궐 안엔
문도 많은데
문마다 모두 열어젖히고 싶어요

닿는 것마다
흔들고 싶어요

지체 있는 뭇 별들을
죄다 따고 싶어요

아니어요

작은 햇살에도 얼굴 부끄러운
풀꽃 같은
사랑 하나로

높은 벽에 온몸 부딪고

스러지고 싶어요

사랑은 불이 아님을

사랑은 불이 아님을
알고 있었다

잎새에 머무는 계절처럼
잠시 일렁이면

나무는 자라고
나무는 옷을 벗는
사랑은 그런 수긍 같은 것임을

그러나 불도 아닌
사랑이 화상을 남기었다

날 저물고
비 내리지 않아도
저 혼자 흘러가는

외롭고 깊은
강물 하나를

어린 사랑에게

— 건중 가온에게

벌판의 풀잎 칼이
네 손 베면
나의 속살에서 피가 흐르고

갈대밭 마파람이
네 맘 흔들면
나의 굴헝에서 천둥이 친다

아
나 홀로는
절대히 살아 있지 않음이여

너로 하여
내 목숨의 빛남이여

이 아프고 눈먼 끈을
어느 별은 알리라

편지
— 고향에서 혼자 죽음을 바라보는 일흔여덟 어머니에게

하나만 사랑하시고
모두 버리세요

그 하나
그것은 생(生)이 아니라
약속이예요

모두가 혼자 가지만
한곳으로 갑니다
그것은 즐거운 약속입니다 어머니

조금 먼저 오신 어머니는
조금 먼저 그곳에 가시고

조금 나중 온 우리들은
조금 나중 그곳에 갑니다

약속도 없이 태어난 우리
약속 하나 지키며 가는 것

그것은 참으로 외롭지 않은 일입니다

어머니 울지 마셔요

어머니는 좋은 낙엽이었습니다

비의 사랑

몸속의 뼈를 뽑아내고 싶다
물이고 싶다
물보다 더 부드러운 향기로
그만 스미고 싶다

당신의 어둠의 뿌리
가시의 끝의 끝까지
적시고 싶다

그대 잠 속에
안겨
지상의 것들을
말갛게 씻어 내고 싶다

눈 틔우고 싶다

흡혈귀

나는 흡혈귀를 본 적이 없다
그런데 흡혈귀와 살고 있다

어릴 적 광주 천일극장에서 본
무서운 드라큘라가 그일까?

남의 피를 먹고 제 생명을 연장하고
남의 살에 박혀 살아가는 시뻘건 이빨

머리칼 하얗게 센
저녁마다 시시덕거리는 낙조 그늘에
그의 꼬리가 잠시 비칠 뿐

내 눈에는 보이지 않는
흡혈귀와 붙어
밤마다 지지지 전기를 일으킨다

그에게 피를 빨리우고 나면
나는 어지러워

언제나 하얀 재가 된다

놓아 다오! 흡혈귀여
천지사방의 문을 두드리면
어김없이 그곳에 서 있는
흡혈귀의 눈
무슨 부적을 붙여야 할까
무슨 울음을 울어야 할까

뼈까지 갖다 바칠까
불타 버릴까

흡혈귀여
흡혈귀여

아흐흐! 나는 너의 흡혈귀이다

할미꽃

이곳에 이르러
목숨의 우렛소리를 듣는다

절망해 본 사람은 알리라
진실로 늙어 본 이는 알고 있으리라

세상에서 제일 추운 무덤가에
허리 구부리고 피어 있는
할미꽃의 둘레

이곳에 이르면
언어란 얼마나 허망한 것인가

꽃이란 이름은 또 얼마나
슬픈 벼랑인가

할미꽃
네 자줏빛 숨결에
태양이 가라앉는다

찔레

꿈결처럼
초록이 흐르는 이 계절에
그리운 가슴 가만히 열어
한 그루
찔레로 서 있고 싶다

사랑하던 그 사람
조금만 더 다가서면
서로 꽃이 되었을 이름
오늘은
송이송이 흰 찔레꽃으로 피워 놓고

먼 여행에서 돌아와
이슬을 털 듯 추억을 털며
초록 속에 가득히 서 있고 싶다

그대 사랑하는 동안
내겐 우는 날이 많았었다

아픔이 출렁거려
늘 말을 잃어 갔다

오늘은 그 아픔조차
예쁘고 뾰족한 가시로
꽃 속에 매달고
슬퍼하지 말고
꿈결처럼
초록이 흐르는 이 계절에
무성한 사랑으로 서 있고 싶다

아들에게

아들아
너와 나 사이에는
신이 한 분 살고 계시나 보다

왜 나는 너를 부를 때마다
이토록 간절해지는 것이며
네 뒷모습에 대고
언제나 기도를 하는 것일까

네가 어렸을 땐
우리 사이에 다만
아주 조그맣고 어리신 신이 계셔서

사랑 한 알에도
우주가 녹아들곤 했는데

이제 쳐다보기만 해도
훌쩍 큰 키의 젊은 사랑아

너와 나 사이에는

무슨 신이 한 분 살고 계셔서

이렇게 긴 강물이 끝도 없이 흐를까

곡비(哭婢)

사시사철 엉겅퀴처럼 푸르죽죽하던 옥례 엄마는
곡(哭)을 팔고 다니던 곡비(哭婢)였다

이 세상 가장 슬픈 사람들의 울음
천지가 진동하게 대신 울어 주고
그네 울음에 꺼져 버린 땅 밑으로
떨어지는 무수한 별똥 주워 먹고 살았다
그네의 허기 위로 쏟아지는 별똥 주워 먹으며
까무러칠 듯 울어 대는 곡(哭)소리에
이승에는 눈 못 감고 떠도는 죽음 하나도 없었다
저승으로 갈 사람 편히 떠나고
남은 이들만 잠시 서성일 뿐이었다

가장 아프고 가장 요염하게 울음 우는
옥례 엄마 머리 위에
하늘은 구멍마다 별똥 매달아 놓았다

그네의 울음은 언제 그칠 것인가
엉겅퀴 같은 옥례야, 우리 시인의 딸아

너도 어서 전문적으로 우는 법 깨쳐야 하리

이 세상 사람들의 울음
까무러치게 대신 우는 법
알아야 하리

눈물

네가 울고 있다

오랫동안 걸어 둔 빗장
스르르 열고
너는 조용히 하늘을 보고 있다

네 작은 몸속 어디에 숨어 있던
이 많은 강물
끝도 없이 흐르는 도끼 소리에
산의 어깨도 무너지고 있다

베개

어느 해인가 어머니는
명주옷을 뜯어 오색 물을 들여
자신의 수의를 짓기 시작했다
치마, 저고리, 베개, 손싸개……
그리곤 한지에 이름을 오려 써서
사이사이 가지런히 꽂아 놓았다
틈만 있으면 어머니는
그것을 우리에게 보이고 싶어 했다
죽음을 나누고 싶어서였을까?
공포를 만져보고 싶어서였을까?
그때마다 오빠는 바쁜 척 사라져 버리고
나는 얼굴을 가리고
다른 방으로 도망쳐 버렸다
그래서 어머니는 사촌이나 오촌들이 오면
그것을 꺼내 놓았다
나는 죽음 옷 준비가 다 됐다고
날 받아 놓은 신부가
혼수를 펴 놓고 자랑하듯 했다
친척들은 모두 대접으로 고개를 끄덕이고는

볼 일이 있어서 곧 자리를 털고 일어섰다
그래서 어머니는 그것을
끈 떨어진 여행 가방에 담아
아파트 처마 밑에 매달아 놓고
하루에도 몇 번씩
"저기 있다, 잉"
"필요할 때 당황 말고 척 찾아 써라, 잉"
신신당부했다
어머니는 한 새벽에 우리에게
그것이 필요할 때를 남겨 주고
조용히 떠나갔다
삭은 낙엽처럼 가라앉았다
나는 손가락으로 처마 밑을 가리켰고
사람들은 그 가방을 열고 수의를 꺼냈다
아아, 거기에서 파르르!
한 마리 나비가 날았다
서툰 어머니의 조선 글씨가
포로롱거렸다
베개…… 베개…… 베개…… 베개……

어머니는 땅에 묻히고
나비는 남았다. 남아서는
밤마다 내 머리맡
피로 오려 낸 벼랑 위에서
흰 칼춤 추었다
이승과 저승을 날아다녔다

손톱

지는 저녁 해를 마주하고 앉아
팔순 어머니의 손톱을 자른다

벌써 하얀 반달이 떠오르는
어머니의 손톱을 자르면
세상의 바람 소리도
모두 잘리워 나간다

어쩌면 이쯤에서
한쪽 반달은 이승으로 떨어지고
또 한쪽은 어머니 따라
하늘로 가리

시시각각으로 강물은 깊어 가는데
이제 작은 짐승처럼
외로운 어머니의 등
은비늘처럼 부드러운 어머니의 손톱이 피울
저 먼 나라의 꽃은
무슨 색일까?

무슨 꽃이 어머니의 꽃밭에 피어나
날마다 그녀가 주는 물에
나처럼 가슴이 젖을까

흔들리며 흔들리며
팔순 어머니의 손톱을 자른다

산불

우리 봄 산엔
웬 산불이 저리도 많이 나나

그립다!
그 사람 그립다!
먼 산에 눈 맞추면
그 옛날 서역의 마술사처럼
눈 맞추는 곳곳마다 불이 일듯이

이 땅에 사는 사람들
그립다!
그 사람 그립다!
먼 산에 눈 맞추어

오늘도
우리 봄 산엔 산불이 저리 나나
참고 참았던 우리들의 사랑
기다리고 기다리던 우리들의 가슴

저렇듯 위험한 산불로 터지는가

작은 부엌 노래

부엌에서는
언제나 술 괴는 냄새가 나요
한 여자의 젊음이 삭아 가는 냄새
한 여자의 설움이
찌개를 끓이고
한 여자의 애모가
간을 맞추는 냄새
부엌에서는
언제나 바삭바삭 무언가
타는 소리가 나요
세상이 열린 이래
똑같은 하늘 아래 선 두 사람 중에
한 사람은 큰방에서 큰소리치고
한 사람은
종신 동침 계약자, 외눈박이 하녀로
부엌에 서서
뜨거운 촛농을 제 발등에 붓는 소리
부엌에서는 한 여자의 피가 삭은
빙초산 냄새가 나요

그런데 언제부터인가 모르겠어요
촛불과 같이
나를 태워 너를 밝히는
저 천형의 덜미를 푸른
소름끼치는 마고할멈의 도마 소리가
똑똑히 들려요
수줍은 새악시가 홀로
허물 벗는 소리가 들려와요
우리 부엌에서는……

마흔 살의 시

숫자는 시보다도 정직한 것이었다
마흔 살이 되니
서른아홉 어제까지만 해도
팽팽하던 하늘의 모가지가
갑자기 명주솜처럼
축 처지는 거라든가

황국화 꽃잎 흩어진
장례식에 가서

검은 사진 테 속에
고인 대신 나를 넣어 놓고
끝없이 나를 울다 오는 거라든가

심술이 나는 것도 아닌데 심술이 나고
겁이 나는 것도 아닌데 겁이 나고 비겁하게
사랑을 새로 시작하기보다는
잊기를 새로 시작하는 거라든가

마흔 살이 되니
웬일인가?

이제까지 떠돌던
세상의 회색이란 회색
모두 내게로 와서
어딘가에 전화를 걸어
새 옷을 예약하는 거라든가

아, 숫자가 내 기를 시든 풀처럼
팍 꺾어 놓는구나

이별 이후

너 떠나간 지
세상의 달력으론 열흘 되었고
내 피의 달력으론 십 년 되었다

나 슬픈 것은
네가 없는데도
밤 오면 잠들어야 하고
끼니 오면
입 안 가득 밥을 떠 넣는 일이다

옛날 옛날 적
그 사람 되어 가며
그냥 그렇게 너를 잊는 일이다

이 아픔 그대로 있으면
그래서 숨 막혀 나 죽으면
원도 없으리라

그러나

나 진실로 슬픈 것은

언젠가 너와 내가
이 뜨거움 까맣게
잊는다는 일이다

이 가을에

사랑이여
나는
말간 하늘에 숨이 막혀
끝없는 수마에 잠겨 드느니

밤에는 장작이 쪼개지는
비명으로 일어나
사라져 가는 모든 슬픔
사라져 가는 모든 아름다움을
홀로
뜨거이 만져 보느니

이 가을에
나는 자꾸만 혼절하느니

사랑이어
돌개바람으로 스쳐간
네 짧은 가을 사랑이어

남한강을 바라보며

그대 안에는
아무래도 옛날 우리 어머니가
밤마다 부뚜막에 찬물 떠 놓고 빌던
그 조왕신이 살고 있나 보다

사발마다 가득히
한 세월의 피와
한 세월의 기도를
그 빛나는 말들로 채워
손바닥이 닳도록
빌고 또 빌던
그 물들이 모여

그대 안에
번쩍이는 비늘을 단
용과도 같은
거대한 것으로 살아 숨 쉬고 있나 보다

그래서 그대 안에

우리의 조급한 욕심과
시커먼 거짓과
저 서구의 쇳물이 서릴 때는
어린 물고기들이 흰 배로
까무러치고
심청이의 옷자락과도 같은
수초들이 썩어 내려
나는 아침에도 저녁에도
그대를 바라보며
먹탕물 같이 진한 한숨을 뱉었나 보다

우리가 우리의 어린것들에게
가혹한 짐승의 숨소리를 들려줄 수가 없듯이
번드르한 비단 홑껍데기 이불을
씌워 줄 수가 없듯이

참으로 물 밑바닥이 말갛게 내비치는 하늘과
그 수심만을 남기고 싶었듯이
모든 아닌 것들을 아니라고

속 시원히 말하고

너의 힘찬 물살에
자유로이 헹구어

번쩍이는 비늘을 단
용과도 같은
거대한 것으로 살아 숨 쉬는
말간 천년의 내면을 보고 싶었다
남한강이여

오빠

이제부터 세상의 남자들을
모두 오빠라 부르기로 했다

집안에서 용돈을 제일 많이 쓰고
유산도 고스란히 제 몫으로 차지한
우리 집의 아들들만 오빠가 아니다

오빠!
이 자지러질 듯 상큼하고 든든한 이름을
이제 모든 남자들을 향해
다정히 불러 주기로 했다

오빠라는 말로 한 방 먹이면
어느 남자인들 가벼이 무너지지 않으리
꽃이 되지 않으리

모처럼 물안개 걷혀
길도 하늘도 보이기 시작한
불혹의 기념으로

세상 남자들은
이제 모두 나의 오빠가 되었다

나를 어지럽히던 그 거칠던 숨소리
으쓱거리며 휘파람을 불어 주던 그 헌신을
어찌 오빠라 불러 주지 않을 수 있으랴
오빠로 불려지고 싶어 안달이던
그 마음을
어찌 나물 캐듯 캐내어 주지 않을 수 있으랴

오빠! 이렇게 불러 주고 나면
세상엔 모든 짐승이 사라지고
헐떡임이 사라지고

오히려 두둑한 지갑을 송두리째 들고 와
비단 구두 사주고 싶어 가슴 설레는
오빠들이 사방에 있음을
나 이세 용케도 알아 버렸나

중년 여자의 노래

봄도 아니고 가을도 아닌
이상한 계절이 왔다

아찔한 뾰족구두도 낮기만 해서
코까지 치켜들고 돌아다녔는데

낮고 편한 신발 하나
되는대로 끄집어도
세상이 반쯤은 보이는 계절이 왔다?

예쁜 옷 화려한 장식 다 귀찮고
숨 막히게 가슴 조이던 그리움도 오기도
모두 벗어 버려
노브라 된 가슴
동해 바다로 출렁이든가 말든가
쳐다보는 이 없어 좋은 계절이 왔다

입만 열면 자식 얘기 신경통 얘기가
열매보다 더 크게 낙엽보다 더 붉게

무성해 가는

살찌고 기막힌 계절이 왔다

손거울 노래

나는 아무래도 이중인격자인가 보다
조금씩 긁어먹으면 소롯이 죽는다는
차가운 수은을 등 뒤에 감추고
말갛게 미소 짓는 손거울인가 보다

겉으로만 늘 대낮이다
일격이면 깨어질 전모
얄팍한 착각에 기대어 번쩍거리고
모든 것을 받아들이지만
단 하나의 진실도 담지 못하는
나는 두 얼굴의
악마를 살고 있나 보다

기다리던 답장

젊은 날엔
카키색 군복을 입고
양구나 포천 어느 고지에서
불침번을 서던
용감하고 씩씩한 군인 아저씨

여학교 시절, 내가 보낸 위문 편지에
가슴만 설레다가
반백이 된 오늘에야
비로소 답장 하나 보내왔어요

사십여 년 동안 윤내어 닦던 군화
날카롭게 갈던 무기로
현해탄이나 압록강 지키지 못하고
한 부모를 가진
우리가 우리 가슴 겨냥했던 것
그것이 부끄럽다고 고백해 왔어요
그것이 기막히다고 고백해 왔어요

나는 나쁜 시인

나는 아무래도 나쁜 시인인가 봐
민중 시인 K는 유럽을 돌며
분수와 조각과 성벽 앞에서
귀족에게 착취당한 노동을 생각하며
피 끓는 분노를 느꼈다고 하는데

고백건대
나는 유럽을 돌며
내내 사랑만을 생각했어
목숨의 아름다움과 허무
시간 속의 모든 사랑의 가변에
목이 메었어

트레비 분수에 동전을 던지며
눈물을 흘렸지
아름다운 조각과 분수와 성벽을 바라보며
오래 그 속에 빠지고만 싶었지

나는 아무래도 나쁜 시인인가 봐

곤돌라를 젓는 사내에게 홀딱 빠져
밤새도록 그를 조각 속에 가두려고
몸을 떨었어

중세의 부패한 귀족이 남긴
유적에 숨이 막혔어
그 아름다움 속에
죽고 싶었어

잘 가거라, 나비야

아파트 그늘 아래
떨어져 누운 나비를 본다

아름다운 나비
노란 날개로 푸른 하늘을
가득히 끌어안으려고 했던 꿈
죄 하나 없이 썩어 가는 것을 본다

얼마나 발버둥 쳤던가
행여 금빛 날개가 썩을까 봐
너와 나의 사랑이 썩을까 봐
얼마나 괴로워했던가

그러나 사랑하는 나비야
썩는다는 것은 참으로 아름다운 일이다
잘 썩어 흙이 된다는 것은 눈부신 일이다

저 차가운 비닐 조각처럼
슬프고 섬뜩한 플라스틱처럼

영원히 썩지 않는 마술에 걸려
독 묻은 폐기물로 지상을 나뒹구는 것
너무도 두려운 일이 아니냐

따스한 햇살 아래
언젠가는 썩을 수 있는 것으로
생겨난 것은
아무래도 잘한 일이다

잘 가거라, 나비야
살아서는 더운 피로 사랑하다
어느 날 흔적도 없이 사라질 수 있는 것은
아무래도 가슴 벅찬 축복이구나

딸기를 깎으며

우리 집 아이들은
딸기를 먹을 때마다
신을 느낀다고 한다

태양의 속살
사이사이
깨알 같은 별을 박아 놓으시고
혀 속에 넣으면
오호! 하고 비명을 지를 만큼
상큼하게 스며드는 아름다움
잇새에 별이 씹히는 재미

아무래도 딸기는
신 중에서도 가장 예쁜 신이
만들어 주신 것이다

그런데 오늘 나는 딸기를 씻다 말고
부르르 몸을 떤다
씻어도 씻어도 씻기지 않는 독

사흘을 두어도 썩지 않는
저 요염한 살기

할 수 없이 딸기를 칼로 깎는다
날카로운 칼로
태양의 속살, 신의 손길을 저며 낸다
별을 떨어뜨린다

아이들이 곁에서 운다

신록

내 힘으로 여기까지 왔구나
솔개처럼 푸드득 날고만 싶은
눈부신 신록, 예기치 못한 이 모습에
나는 몸 둘 바를 모르겠다

지난겨울 깊이 박힌 얼음
위태로운 그리움의 싹이 돋아
울고만 싶던 봄날도 지나
살아 있는 목숨에
이렇듯 푸른 노래가 실릴 줄이야

좁은 어깨를 맞대고 선 간판들
수수께끼처럼 꿰어 다니는
물고기 같은 차들도
따스한 피 돌아 눈물겨워 한다
아무리 생각해 보아도
참고 기다린 것밖엔
나는 한 일이 없다
아니, 지난가을 갈잎 되어

스스로 떠난 것밖엔 없다
떠나는 일 기다리는 일도
힘이 되는가

박하 향내 온통 풍기며
세상에 눈부신 신록이 왔다

유리창을 닦으며

누군가 그리운 날은
창을 닦는다

창에는 하늘 아래
가장 눈부신 유리가 끼워져 있어

천 도의 불로 꿈을 태우고
만 도의 뜨거움으로 영혼을 살라 만든
유리가 끼워져 있어

솔바람보다도 창창하고
종소리보다도 은은한
노래가 떠오른다

온몸으로 받아들이되
자신은 그림자조차 드러내지 않는
오래도록 못 잊을
사랑 하나 살고 있다

누군가 그리운 날은
창을 닦아서

맑고 투명한 햇살에
그리움을 말린다

내 사랑은

세상에서 가장 순수하고
가장 조용하게 오는 것이
사랑이라면
나는 너를 사랑한 것이 아니다

나는 너와 전쟁을 했었다
내 사랑은 언제나 조용하고
순수한 호흡으로 오지 않고
태풍이거나
악마를 데리고 왔으므로

나는 그날부터
입술이 까맣게 타들어 가는
뜨거운 열병에 쓰러졌었다
온갖 무기를 다 꺼내어
너를 정복시키려고
피투성이가 되고 말았다

세상 사람들은 사랑을 하게 되면

가진 것 다 꺼내 주고
가벼이 온몸을 기대기도 한다는데

내 사랑은
팽팽히 잡아당긴 활시위처럼
언제나 너를 쓰러뜨리기 위해
숨 막히는 조준으로 온밤을 지새웠었다
무성한 장애를 뛰어넘으며
생애를 건 치열한 전쟁을 했었다

상처는 컸고
나는 불구가 되었으며
단 한 번의 참전으로
영원히 네 눈 속에 갇혀 버린
한 마리 포로 새가 되고 말았다

초겨울 저녁

나는 이제 늙은 나무를
사랑하게 되었습니다
다 버리고 정갈해진 노인같이
부드럽고 편안한 그늘을 드리우고 앉아
바람이 불어도
좀체 흔들리지 않게 되었습니다.
무성한 꽃들과 이파리들에 휩쓸려 한 계절
온통 머리 풀고 울었던 옛날의 일들
까마득한 추억으로 나이테 속에 감추고
흰 눈이 내리거나
새가 앉거나 이제는
그대로 한 폭의 그림이 되어
저 대지의 노래를 조금씩
가지에다 휘감는
나는 이제 늙은 나무를
사랑하게 되었습니다

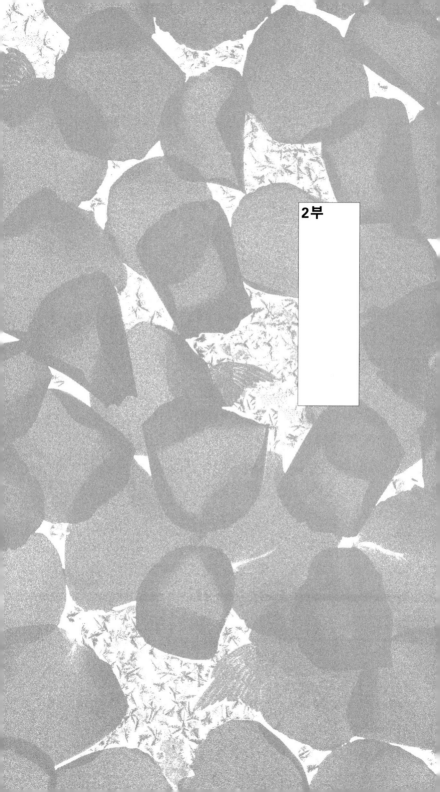

2부

성에 꽃

추위가 칼날처럼 다가든 새벽
무심히 커튼을 젖히다 보면
유리창에 피어난, 아니 이런 황홀한 꿈을 보았나
세상과 나 사이에 밤새 누가
이런 투명한 꽃을 피워 놓으셨을까
들녘의 꽃들조차 제 빛깔을 감추고
씨앗 속에 깊이 숨죽이고 있을 때
이내 스러지는 니르바나의 꽃을
저 얇고 날카로운 유리창에 누가 새겨 놓았을까
허긴 사람도 그렇지
가장 가혹한 고통의 밤이 끝난 자리에
가장 눈부시고 부드러운 꿈이 일어서지
새하얀 신부 앞에 붉고 푸른 색깔들 입 다물듯이
들녘의 꽃들 모두 제 향기를
씨앗 속에 깊이 감추고 있을 때
어둠이 스며드는 차가운 유리창에 이마를 대고
누가 저토록 슬픈 향기를 새기셨을까
한 방울 물로 스러지는
불가해한 비애의 꽃송이들을

풀들의 길

2월의 산에 올라가 보면
아무것도 아닌 우리가
가만히 제자리에 서 있는 것 하나로도
얼마나 큰 힘을 가졌는가를 안다

드문드문한 잡목 사이
바위 틈마다 메아리 숨 쉬고
지난 추위에 까맣게 탄 화산재 같은
흙을 밀치고
파릇한 봄이 다시 살아나는
2월의 산에 올라가 보면

아무것도 아닌 존재로 우리가
가만히 제자리에 서 있는 것 하나로도
얼마나 무서운 힘을 가졌는가를 안다
눈부신 신록의 주인임을 안다

창

나도 면벽하고 싶다.
무언(無言), 두 글자로 가슴에 못을 치고
서늘한 눈빛으로
벽에다 구멍 하나 내고 싶다
그 구멍으로 하늘을 보고 싶다

그런데 나만이 아니었구나
세상에 저 많은 창들을 보아라

공룡처럼 치솟은 아파트에도
제멋대로 달리는 저 자동차에도
창은 많이도 달려 있구나

모두가 면벽하며 살았었구나
무언, 두 글자로 가슴에 못을 치고
서늘한 제 눈빛으로 벽을 뚫으며
하늘을 보려고 괴로워했었구나
창을 만들었구나

한계령을 위한 연가

한겨울 못 잊을 사람하고
한계령쯤을 넘다가
뜻밖의 폭설을 만나고 싶다
뉴스는 다투어 수십 년 만의 풍요를 알리고
자동차들은 뒤뚱거리며
제 구멍들을 찾아가느라 법석이지만
한계령의 한계에 못 이긴 척 기꺼이 묶였으면

오오, 눈부신 고립
사방이 온통 흰 것뿐인 동화의 나라에
발이 아니라 운명이 묶였으면

이윽고 날이 어두워지면 풍요는
조금씩 공포로 변하고, 현실은
두려움의 색채를 드리우기 시작하지만
헬리콥터가 나타났을 때에도
나는 결코 손을 흔들지는 않으리
헬리콥터가 눈 속에 갇힌 야생조들과
짐승들을 위해 골고루 먹이를 뿌릴 때에도……

시퍼렇게 살아 있는 젊은 심장을 향해
까아만 포탄을 뿌려 대던 헬리콥터들이
고라니나 꿩들의 일용할 양식을 위해
자비롭게 골고루 먹이를 뿌릴 때에도
나는 결코 옷자락을 보이지 않으리
아름다운 한계령에 기꺼이 묶여
난생처음 짧은 축복에 몸 둘 바를 모르리

사랑하는 사마천 당신에게

　　— 투옥당한 패장을 양심과 정의에 따라 변호하다가 남근을 잘리는 치
욕적인 궁형(宮刑)을 받고도 방대한 역사책 『사기(史記)』를 써서 '인간이란
무엇인가'를 규명해 낸 사나이를 위한 노래

세상의 사나이들은 기둥 하나를
세우기 위해 산다
좀 더 튼튼하고
좀 더 당당하게
시대와 밤을 찌를 수 있는 기둥

그래서 그들은 개고기를 뜯어 먹고
해구신을 고아 먹고
산삼을 찾아
날마다 허둥거리며
붉은 눈을 번득인다

그런데 꼿꼿한 기둥을 자르고
천 년을 얻은 사내가 있다
기둥에서 해방되어 비로소
사내가 된 사내가 있다

기둥으로 끌 수 없는
제 눈 속의 불
천 년의 역사에다 당겨 놓은 방화범이 있다

썰물처럼 공허한 말들이
모두 빠져나간 후에도
오직 살아 있는 그의 목소리
모래처럼 시간의 비늘이 쓸려 간 자리에
큼지막하게 찍어 놓은 그의 발자국을 본다

천 년 후의 여자 하나
오래 잠 못 들게 하는
멋진 사나이가 여기 있다

처용 아내의 노래

아직도 저를 간통녀로 알고 계시나요
허긴 천 년 동안 이 땅은 남자들 세상이었으니까요
그러나 서라벌엔 참 눈물겨운 게 많아요
석불 앞에 여인들이 기도 올리면
한겨울에 꽃비가 오기도 하고
쇠로 만든 종소리 속에
어린 딸의 울음이 살아 있기도 하답니다
우리는 워낙 금슬 좋기로 소문난 부부
하지만 저는 원래 약골인 데다 몸엔 늘 이슬이 비쳐
부부 사이를 만 리나 떼어 놓았지요
아시다시피 제 남편 처용랑은 기운찬 사내
제가 안고 있는 병을 샛서방처럼이나 미워했다오
그날 밤도 자리 펴고 막 누우려다
아직도 몸을 하는 저를 보고 사립 밖으로 뛰어 나가
한바탕 춤을 추더라구요
그이가 달빛 속에 춤을 추고 있을 때
마침 저는 설핏 잠이 들었는데
아마도 제가 끌어안은 개짐이
털 난 역신처럼 보였던가 봐요

그래서 한바탕 또 노래를 불렀는데
그것이 바로 처용가랍니다
사람들은 역신과 자고 있는 아내를 보고도
노래 부르고 춤을 추는 처용의
여유와 담대와 관용을 기리며
그날부터 부엌이건 우물이건 질병이 도는 곳에
처용가를 써 붙이고 야단이지만
사실 그날 밤 제가 안고 뒹군 것은
한 달에 한 번 여자를 찾아오는
삼신 할머니의 빨간 몸 손님이었던 건
누구보다 제 남편 처용랑이 잘 알아요
이 땅, 천 년의 남자들만 모를 뿐
천 년 동안 처용가 부르며 낄낄대고 웃을 뿐

첫 만남
— 릴케를 위한 연가

열일곱 살의 우수가 바스락거리는 가을밤
철 이른 추위처럼 스며 왔던 그대
온몸이 떨리었지. 오래된 여학교 그 강당에서

그날 초대 시인은 머리를 상고로 깎은
우리의 시인 목월이었고
그와 함께 온 사내는
동구에서 온 눈이 큰
라이너 마리아 릴케, 바로 그였지

소녀여
시인이란 왜 그대들이 고독한지
그것을 말할 수 있기 위해
그대들한테 배우는 사람들이오

세상의 모든 들풀이 서걱거리고
세상의 모든 새들이 한꺼번에 날아올라
나는 그만 소녀가 아니라 살로메가 되었지
릴케, 그 사내를 독점하고 싶었지

불길한 운명을 우려하는
목월의 눈매에도 아랑곳없이
그 사내를 대담하게 사랑하기 시작했네
그날 밤부터 나는 시인이고 말았네
라이너 마리아 릴케, 그를 만난
열일곱 살의 가을밤부터

시간의 몸짓

친구에게 묻는다
왜 시간은 언제나 쓸쓸한 것일까
영롱한 빛깔로 유혹하지만
손에 잡고 보면 돌연히 칙칙한 색으로
변하고 마는 이구아나처럼
금세 추위에 떠는 빈 가지가 되는 것일까
그 위에 소복한 눈을 얹어 보기도 하고
새 한 마리를 그려 넣기도 하고
무성한 꽃과 잎들을
때로는 폭풍을 감아 보기도 하지만
깊게 사랑을 새긴 사람에게도 결국
부드러운 솜털 하나 남기지 않는
저 겨울나무 같은
시간은 다만 허위였던가

친구에게 묻는다
오직 보이는 것만이 현실이라면
그 현실은 또한 어디에 남았는가
망설이고 주저하고 참다가

보내 버리는

시간은 영원히 쓸쓸한 몸짓뿐일까

간통

내가 드디어 간통을 하고 말았구나
그런데 하필 이런 늙은 남자하고?
희끗하게 새벽이 와 닿는 침대 맡에서
반쯤 몸을 일으키다 말고
절망감에 다시 어깨를 눕힌다
밤새 소리도 없이 내려앉은
눈펄 같은 흰 머리칼
군살 낀 목덜미를 하고
입 떡 벌린 채 자고 있는
저 중년 남자는 누구인가
어쩌다가 여기까지 이르렀을까

묶어 놓은 줄을 풀어 놓아도
이제는 어디에도 가지 못하는
길 잘 든 오소리 같은 낯설고
낯익은 중년 사내 곁에서
섬뜩한 새벽 이불을 반쯤 들추다 말고
놀랍고 쓸쓸함에 깊이 얼굴을 파묻는다

꽃 한 송이

지난해 흙 속에 묻어 둔
까아만 그 꽃씨는 어디로 가 버렸는가

그 자리에 씨앗 대신
꽃 한 송이 피어나

진종일
자릉자릉
종을 울린다

터키석 반지

사랑에 은퇴하고
가을 하늘처럼 투명해지면
터키석 반지 사러
터키에 가고 싶다

어느 슬픔의 바다에서 건져 올렸던가
천년 햇살에도 마르지 않는
깊은 눈을 가진 여자
푸른 물 소리 출렁이는
터키석 속에서 만나고 싶다

비둘기 떼 쏟아지는
위스크다르 항구에 닿고 싶다
실크로드 그 끝자락에는
동양과 서양의 온갖 보석들이
짧은 지상의 약속을
기다리고 있겠지

흙에도 귀가 달린 나라

터키에 가서
내가 나를 위해
터키석 반지 하나 사고 싶다

사랑에 은퇴하고
가을 하늘처럼 투명해지면

채탄 노래

마음을 파고들어 가면
어디까지 갈 수 있을까
내일 모레 저녁답쯤에는 지평선이 보일까

그리움이 끝난 그곳에는
타 버린 나무들이
무더기 무더기 쓰러져 있을까
얼마나 까아만
화산재가 쌓여 있을까

슬픔의 벼랑마다 누가 서 있어서
밤마다 이토록 시를 쓰게 하는 것일까

마음을 비웠다고 말하는 이도 많건만

내 마음은 얼마나 깊어
그대 하나 묻기에도
한 생애가 걸리는 것일까
끝 모를 모래바람 부는 것일까

남자를 위하여

남자들은
딸을 낳아 아버지가 될 때
비로소 자신 속에서 으르렁거리던 짐승과
결별한다
딸의 아랫도리를 바라보며
신이 나오는 길을 알게 된다
아기가 나오는 곳이
바로 신이 나오는 곳임을 깨닫고
문득 부끄러워 얼굴 붉힌다
딸에게 뽀뽀를 하며
자신의 수염이 때로 독가시였음도 안다
남자들은
딸을 낳아 아버지가 될 때
비로소 자신 속에서 으르렁거리던 짐승과
화해한다
아름다운 어른이 된다

체온의 시

빛은 해에게서만 오는 것이 아니었다
지금이라도
그대 손을 잡으면
거기 따스한 체온이 있듯
우리들 마음속에 살아 있는
사랑의 빛을 나는 안다

마음속에 하늘이 있고
마음속에 해보다 더 눈부시고 따스한
사랑이 있어

어둡고 추운 골목에는
밤마다 어김없이 등불이 피어난다

누군가는 세상은 추운 곳이라고 말하지만
또 누군가는
세상은 사막처럼 끝이 없는 곳이라고
말하지만

무거운 바위 틈에서도 풀꽃이 피고
얼음장을 뚫고도 맑은 물이 흐르듯
그늘진 거리에 피어나는
사랑의 빛을 보라
산등성이를 어루만지는
따스한 손길을 보라
우리 마음속에 들어 있는 하늘
해보다 더 눈부시고
따스한 빛이 아니면
어두운 밤에
누가 저 등불을 켜는 것이며
세상에 봄을 가져다주리

마감 뉴스

냉장고에 콜라와 쇠고기를 넣어 놓고
대문 앞에 한 대의 자동차를 세워 놓았다 해서
20세기가 눈부셨다고 말해서는 안 된다

오, 20세기
우리는 그 반을 남의 밑에서 식민지로 살았고
또 나머지 반을 허리 잘리운 채
형제끼리 총 겨누고 살고 있다

침샘을 자극하는 물건들을
상표를 먹고 마시며
사물과 사물에 둘러싸여
마치 쇠를 먹고 사는 맥처럼
소비를 먹고 사는 우리는 날마다
작아지는 것이냐 커지는 것이냐

우리나라 지도의 어디쯤엔가
핵이 있어도 슬프고
핵이 없어도 슬픈

오늘, 마감 뉴스를 보다가
문득 허리께에 시큰한 통증을 느낀다
무언가 잃어버린 것 같아 사방을 휘둘러본다

이동 전화기와 쥐 떼

요즘 거리를 걷다 보면
작은 쥐 같은 전화기를 귀에다 대고
혼자 지껄이며 히죽거리며 걷고 있는 사람들이
부쩍 눈에 뜨인다
낚싯줄에 걸린 물고기처럼
보이지 않는 낚싯밥에 걸리어
어디론가 끌려가는 사람들이 있다
오줌을 누다가도 설렁탕을 먹다가도
지르지르 신호가 오면
즉시 꼬리를 치켜들고
참 편리한 세상이지
여보세요? 네네 알겠습니다
연신 고개를 주억거리며
제가 놓은 덫에 제가 걸려
밤이나 낮이나 몇 개의 숫자로 급히
호출되는 인간
가령 맹인을 끌고 다니는 개처럼
요즘 이 도시에는 이리저리
사람들을 끌고 다니는

보이지 않는 수만 마리의 검은 쥐 떼들이
서서히 숨죽이며 다가들고 있다

학문을 닦으며

나는 그동안 확실히 학문보다
항문을 더 열심히 닦고 살았어
그래서 세상이 더 깨끗해진 것도 아니야
실제로 길 하나 따로 내지 못했어
달맞이꽃 하나 새로 피우지 못했어

나도 이제 학문을 닦고 싶어
조용히 등불 하나 밝혀 들고
저 어두운 숲길을 따라가다가
거기 조용한 그린벨트 안에
푸른 초막을 세우고 싶어
흐린 날이면 장수하늘소가
허공으로 날아오르는 걸 바라보며
노래를 부르고 싶어
그러면 세상의 구린내가 많이 줄어들겠지

그러나 나는 오늘도 잘 모르겠어
항문하고 학문 중에 무엇을
더 깊이 닦아야 하는지

다시 남자를 위하여

요새는 왜 사나이를 만나기가 힘들지
싱싱하게 몸부림치는
가물치처럼 온몸을 던져 오는
거대한 파도를……

몰래 숨어 해치우는
누우렇고 나약한 잡것들뿐
눈에 띌까, 어슬렁거리는 초라한 잡종들뿐
눈부신 야생마는 만나기가 어렵지

여권 운동가들이 저지른 일 중에
가장 큰 실수는
바로 세상에서
멋진 잡놈들을 추방해 버린 것은 아닐까
핑계 대기 쉬운 말로 산업사회 탓인가
그들의 빛나는 이빨을 뽑아내고
그들의 거친 머리칼을 솎아내고
그들의 발에 제지의 쇠고리를
채워 버린 것은 누구일까

그건 너무 슬픈 일이야
여자들은 누구나 마음속 깊이
야성의 사나이를 만나고 싶어 하는걸
갈증처럼 바람둥이에게 휘말려
한평생을 던져 버리고 싶은걸
안토니우스 시저 그리고
안록산에게 무너진 현종을 봐
그뿐인가, 나폴레옹 너는 뭐며 심지어
돈주앙, 변학도, 그 끝없는 식욕을
여자들이 얼마나 사랑한다는 걸 알고 있어?

그런데 어찌된 일이야. 요새는
비겁하게 치마 속으로 손을 들이미는
때 묻고 약아빠진 졸개들은 많은데

불꽃을 찾아 온 사막을 헤매이며
검은 눈썹을 태우는
진짜 멋지고 당당한 잡놈은

멸종 위기네

내 안에 사는 문화인

말라 비틀어진 소말리아 아이들이
저녁 텔레비전 속에서 무더기로
나의 안방으로 기어나온다
배가 툭 튀어나온 아이가
비비 꼬인 다리를 꾸그리고 앉아
달려드는 파리를 쫓으며
흰 죽을 받아먹는다
그런데 저 죽 그릇은……!
피카소의 그림 속이던가
뉴욕의 어느 뮤지엄에서 본
바로 그 아프리카 토산품이 아닌가
그것 하나 뺏어다 꽃꽂이 하면
참 멋있겠구나

오라, 거짓 사랑아

— 자서(自序)

꽃아, 너도 거짓말을 하는구나
어제 그 모습은 무엇이었지?
사랑한다고 말하던 그 붉은 입술과 향기
오늘은 모두 사라지고 없구나
꽃아, 그래도 또 오너라
거짓 사랑아

통행세

내가 만난 모든 장미에는
가시가 있었다
먹이를 물고 보면 거기에는 또
어김없이 낚싯바늘이 들어 있었다
안락하고 즐거운 나의 집 속에
무덤이 또한 들어 있었다
가족들과 나눠 먹은 음식 속에도
하루하루가 조용히 사라지는
두려운 사약이 섞여 있었다
사랑도 깊이 들어가 보면
짐승이 날뛰고 있었다
가시에 찔리며
낚싯바늘 입에 물고 파득거리며
내가 가는 길
그래도 나는 시 몇 편을
통행세로 바치고 싶다

키 큰 남자를 보면

키 큰 남자를 보면
가만히 팔 걸고 싶다
어린 날 오빠 팔에 매달리듯
그렇게 매달리고 싶다
나팔꽃이 되어도 좋을까
아니, 바람에 나부끼는
은사시나무에 올라가서
그의 눈썹을 만져 보고 싶다
아름다운 벌레처럼 꿈틀거리는
그의 눈썹에
한 개의 잎으로 매달려
푸른 하늘을 조금씩 갉아먹고 싶다
누에처럼 긴 잠 들고 싶다
키 큰 남자를 보면

러브호텔

내 몸 안에 러브호텔이 있다
나는 그 호텔에 자주 드나든다
상대를 묻지 말기를 바란다
수시로 바뀔 수도 있으니까
내 몸 안에 교회가 있다
나는 하루에도 몇 번씩 교회에 들어가 기도한다
가끔 울 때도 있다
내 몸 안에 시인이 있다
늘 시를 쓴다 그래도 마음에 드는 건
아주 드물다
오늘, 강연에서 한 유명 교수가 말했다
최근 이 나라에 가장 많은 것 세 가지가
러브호텔과 교회와 시인이라고
나는 온몸이 후들거렸다
러브호텔과 교회와 시인이 가장 많은 곳은
바로 내 몸 안이었으니까
러브호텔에는 진정한 사랑이 있을까
교회와 시인들 속에 진정한 꿈과 노래가 있을까
그러고 보니 내 몸 안에 러브호텔이 있는 것은

교회가 많고, 시인이 많은 것은
참 쓸쓸한 일이다
오지 않는 사랑을 갈구하며
나는 오늘도 러브호텔로 들어간다

머리 감는 여자

가을이 오기 전
뽀뽈라*로 갈까
돌마다 태양의 얼굴을 새겨 놓고
햇살에도 피가 도는 마야의 여자가 되어
검은 머리 길게 땋아 내리고
생긴 대로 끝없이 아이를 낳아 볼까
풍성한 다산의 여자들이
초록의 밀림 속에서 죄 없이 천년의 대지가 되는
뽀뽈라로 가서
야자 잎에 돌을 얹어 둥지 하나 틀고
나도 밤마다 쑥쑥 아이를 배고
해마다 쑥쑥 아이를 낳아야지

검은 하수구를 타고
콘돔과 감별당한 태아들과
들어내 버린 자궁들이 떼 지어 떠내려가는
뒤숭숭한 도시
저마다 불길한 무기를 숨기고 흔들리는
이 거대한 노예선을 떠나

가을이 오기 전
뽀뽈라로 갈까
맨 먼저 말구유에 빗물을 받아
오래오래 머리를 감고
젖은 머리 그대로
천년 푸르른 자연이 될까

* 멕시코 메리다 밀림 속의 작은 마을 이름

보라색 여름 바지

여름 다 지나고 선선한 초가을 날
바람이 숭숭 들어오는
보라색 여름 바지 하나 사 들고 돌아오며
벌써 차가운 후회가 바람처럼 숭숭
뱃속으로 스미어 옴을 느낀다

왜 나는 모든 것을 저지른 후에야 아는가
만져 보고 난 후에야 뜨겁다고 깨닫는가
늘 화상을 입는가
사람들이 이미 겨울을 준비할 때
여름의 잔해에 가슴을 태우고
사랑을 떠나보낸 후에야 사랑에 빠져
한 생애를 가슴 치고 사는가

내 키보다 턱없이 긴 바짓단을 줄이며
내 어리석음을 가위로 잘라내며
애써 따스한 입김을 불어넣어 본다

누구나 정해진 궤도를 가는 건 아니지

돌발과 우연이 인생이기도 해
그러나 어느 가을날 하루가
더운 사랑으로 다시 뒤집힐 수 있을까
이 보라색 바지를 위해

무릎 아래까지 흰 별들이 총총 나 있는
보라색 여름 바지를 입고 서서
홀로 낙엽 지는 소리를 듣는다
숭숭 기어드는 차가운 바람 소리를 듣는다

유방

윗옷 모두 벗기운 채
맨살로 차가운 기계를 끌어안는다
찌그러지는 유두 속으로
공포가 독한 에테르 냄새로 파고든다
패잔병처럼 두 팔 들고
맑은 달 속의 흑점을 찾아
유방암 사진을 찍는다
사춘기 때부터 레이스 헝겊 속에
꼭꼭 싸매 놓은 유방
누구에게나 있지만 항상
여자의 것만 문제가 되어
마치 수치스러운 과일이 달린 듯
깊이 숨겨 왔던 유방
우리의 어머니가 이를 통해
지혜와 사랑을 입에 넣어 주셨듯이
세상의 아이들을 키운 비옥한 대자연의 구릉
다행히 내게도 두 개나 있어 좋았지만
오랫동안 진정 나의 소유가 아니었다
사랑하는 남자의 것이었고

또 아기의 것이었으니까
하지만 나 지금 윗옷 모두 벗기운 채
맨살로 차가운 기계를 안고 서서
이 유방이 나의 것임을 뼈저리게 느낀다
맑은 달 속의 흑점을 찾아
축 늘어진 슬픈 유방을 촬영하며

가을 우체국

가을 우체국에서 편지를 부치다가
문득 우체부가 되고 싶다고 생각한다
시인보다 때론 우체부가 좋지
많이 걸을 수 있지
재수 좋으면 바닷가도 걸을 수 있어
은빛 자전거의 페달을 밟고 낙엽 위를 달려가
조요로운 오후를 깨우고
돌아오는 길 산자락에 서서
이마에 손을 동그랗게 얹고
지는 해를 한참 바라볼 수 있지

시인은 늘 앉아만 있기 때문에
어쩌면 조금 뚱뚱해지지

가을 우체국에서 파블로 아저씨에게
편지를 부치다가 문득 시인이 아니라
우체부가 되고 싶다고 생각한다
시가 아니라 내가 직접
크고 불룩한 가방을 메고

멀고 먼 안달루시아 남쪽

그가 살고 있는

매혹의 마을에 닿고 싶다고 생각한다

그 많던 여학생들은 어디로 갔는가

학창 시절 공부도 잘하고
특별 활동에도 뛰어나던 그녀
여학교를 졸업하고 대학 입시에도 무난히
합격했는데 지금은 어디로 갔는가

감잣국을 끓이고 있을까
사골을 넣고 세 시간 동안 가스불 앞에서
더운 김을 쏘이며 감잣국을 끓여
퇴근한 남편이 그 감잣국을 15분 동안 맛있게
먹어 치우는 것을 행복하게 바라보고 있을까
아니면 아직도 입사 원서를 들고
추운 거리를 헤매고 있을까
당 후보를 뽑는 체육관에서
한복을 입고 리본을 달아 주고 있을까
꽃다발 증정을 하고 있을까
다행히 취직해 큰 사무실 한켠에
의자를 두고 친절하게 전화를 받고
가끔 찻잔을 나르겠지
의사 부인 교수 부인 간호사도 됐을 거야

문화센터에서 노래를 배우고 있을지도 몰라
그러고는 남편이 귀가하기 전
허겁지겁 집으로 돌아갈지도

그 많던 여학생들은 어디로 갔을까
저 높은 빌딩의 숲, 국회의원도 장관도 의사도
교수도 사업가도 회사원도 되지 못하고
개밥의 도토리처럼 이리저리 밀쳐져서
아직도 생것으로 굴러다닐까
크고 넓은 세상에 끼지 못하고
부엌과 안방에 갇혀 있을까
그 많던 여학생들은 어디로 갔는가

알몸 노래
— 나의 육체의 꿈

추운 겨울날에도
식지 않고 잘 도는 내 피만큼만
내가 따뜻한 사람이었으면
내 살만큼만 내가 부드러운 사람이었으면
내 뼈만큼만 내가 곧고 단단한 사람이었으면
그러면 이제 아름다운 어른으로
저 살아 있는 대지에다 겸허히 돌려드릴 텐데
돌려드리기 전 한 번만 꿈에도 그리운
네 피와 살과 뼈와 만나서
지지지 온 땅이 으스러지는
필생의 사랑을 하고 말 텐데

아름다운 곳

봄이라고 해서 사실은
새로 난 것 한 가지도 없다
어딘가 깊고 먼 곳을 다녀온
모두가 낯익은 작년 것들이다

우리가 날마다 작고 슬픈 밥솥에다
쌀을 씻어 헹구고 있는 사이
보아라, 죽어서 땅에 떨어진
저 가느다란 풀잎에
푸르고 생생한 기적이 돌아왔다

창백한 고목나무에도
일제히 눈발 같은 벚꽃들이 피었다

누구의 손이 쓰다듬었을까
어디를 다녀와야 다시 봄이 될까
나도 그곳에 한번 다녀오고 싶다

술

술이 나를 찾아오지 않아
오늘은 내가 그를 찾아간다

술 한번 텄다 하면 석 달 열흘
세상 곡기 다 끊어 버리고
술만 술만 마시다가
검불처럼 떠나 버린 아버지의 딸
오늘은 술병 속에 살고 있는 광마를 타고
악마의 노래를 훔치러 간다

그러나 네가 내 가슴에 부은 것은
술이 아니라 불이었던가
벌써 나는 활 활 활화산이다
사방에 까맣게 탄 화산재를 보아라
죽어 넘어진 새와 나무들 사이로
몸서리치며 나는 질주한다

어디를 돌아봐도 혼자뿐인 날
절벽 앞에 술잔을 놓고

나는 악마의 입술에다 내 입술을 댄다
으흐흐! 세상이 이토록 쉬울 줄이야

밤[栗] 이야기

내 어머니는 분명 한쪽 눈이 먼 분이셨다
어릴 적 운동회 날, 실에 매단 밤 따먹기에 나가
알밤은 키 큰 아이들이 모두 따가고
쭉정이 밤 한 톨 겨우 주워 온 나를
이것 봐라, 알밤 주워 왔다! 고 외치던 어머니는
분명 한쪽 눈이 깊숙이 먼 분이셨다
어머니의 노래는 그 이후에도
30년도 더 넘게 계속되었다
마지막 숨 거두시는 그 순간까지도
예나 지금이나 쭉정이 밤 한 톨
남의 발밑에서 겨우 주워 오는
내 손목 치켜세우며
이것 봐라, 내 새끼 알밤 주워 왔다! 고
사방에 대고 자랑하셨다

물개의 집에서

사랑에 대해서라면
너무 깊이 생각해 버린 것 같다
사랑은 그저 만나는 것이었다
지금 못 만난다면
돌아오는 가을쯤 만나고
그때도 못 만나면 3년 후
그것도 안되면 죽은 후 어디
강어귀 물개의 집에서라도 만나고
사랑에 대해서라면
너무 주려고만 했던 것 같다
준 것보다 받은 것이 언제나 더 부끄러워
결국 혼자 타오르다 혼자 스러졌었다
사랑은 그저 만나는 것이었다
만나서 뜨겁게 깊어지고 환하게 넓어져서
그 깊이와 그 넓이로
세상도 크게 한번 껴안는 것이었다

평화로운 풍경

대낮에 밖에서 돌아온 한 남자가
넥타이를 반만 푼 채
거실 소파에서 졸고 있다
침을 조금 흘리며 가랑이를 벌리고.
나와 같은 주걱으로 밥을 퍼서 먹은 지
20년이 넘은 남자
가끔 더운 체온을 나누기도 하지만
여전히 끌려온 맹수처럼
내가 만든 우리 주위를 빙빙 도는 남자
비가 오는 날엔 때로
야성의 습성을 제 새끼들을 향해
으형으형 내지를 때도 있지만
어차피 나는 다소 위선으로 살기로 했다
증류수에는 물고기가 살 수 없듯이
적당히 불순한 것도 좋다. 그래서는 아니지만
나는 숱한 모반으로 저녁밥을 지었다
그 남자가 조금 후 오후 1시가 되면
어떤 젊은이의 결혼식 주례를 설 것이다
결혼은 두 남녀가 한 개의 별을 바라보며

걸어가는 것이라고 아름다운 상징을 써서
축복할 것이고
일심동체가 되어 가는 과정이라고
점잖게 훈계할 것이다
한 남자가 대낮에 들어와 넥타이를 반만 푼 채
침을 조금 흘리며 소파에서 졸고 있다

분수

시청 앞을 지나다가
떨어지는 분수를 본다
힘찬 새들의 깃털
추락하는 별들이 긋는 눈부신 한 획
아, 나도 저런 시를 쓰고 싶다
언제나 내가 먼저 말을 걸었다가
가령 바다라든가 바위 같은
지혜로운 것들이 조금만 말을 걸어와도
몸을 떨며 감격했는데
오늘 시청 앞을 지나다가 허공으로
떨어지는 분수를 본다
자연도 아닌 것이
사람도 아닌 것이
무엇을 세우려고 고통하지 않고
맘껏 무너져 내리며
나를 장엄하게 일으켜 세운다

농담

대장간에서 만드는 것은
칼이 아니라 불꽃이다
삶은 순전히 불꽃인지도 모르겠다
시가 어렵다고 하지만
가는 곳마다 시인이 있고
세상이 메말랐다고 하는데도
유쾌한 사랑도 의외로 많다
시는 언제나 천 도의 불에 연도된 칼이어야 할까?
사랑도 그렇게 깊은 것일까?
손톱이 빠지도록 파보았지만
나는 한 번도 그 수심을 보지 못했다
시 속에는 꽝꽝한 상처뿐이었고
사랑에도 독이 있어
한철 후면 어김없이
까맣게 시든 꽃만 거기 있었다
나도 이제 농담처럼
가볍게 사랑을 보내고 싶다
대장간에서 만드는 것은
칼이 아니라 불꽃이다

할머니와 어머니
— 나의 보수주의

공항을 떠날 때 등 뒤에다
나는 모든 것을 두고 떠나왔다
남편의 사진은 옷장 속에 깊이 숨겨 두었고
이제는 바다처럼 넓어져서
바람 소리 들려오는 넉넉한 나이도
기꺼이 주민등록증 속에 끼워 두고 왔다
그래서 큰 가방을 들었지만
날듯이 가벼웠다
내가 가진 거라곤 출렁이는 자유
소금처럼 짭짤한 외로움
이거면 시인의 식사로는 풍족하다
사랑하는 데는 안성맞춤이다
그런데 웬일일까
십수 년 전에 벌써 죽은 줄로만 알았던
우리 할머니와 어머니가
감쪽같이 나를 따라와
가슴 깊이 자리 잡고 앉아
사사건건 모든 일에 간섭하고 있다
두 눈 동그랗게 뜨고

조심조심 길 조심 짐승 조심
끝도 없이 성가시게 한다

축구

언어가 아닌 것을
주고받으면서
이토록 치열할 수 있을까
침묵과 비명만이
극치의 힘이 되는
운동장 가득히 쓴 눈부신 시 한 편
90분 동안
이 지상에는 오직 발이라는
이상한 동물들이 살고 있음을 보았다

콧수염 달린 남자가

콧수염 달린 남자가
키스를 하자고 하면
어떻게 할까
구둣솔처럼 날카로운 수염이
입술을 뚫고 들어와
갑자기 내 인생을 쓱쓱 문질러 준다면
놀랄 일이야
보수주의와 위선으로 무성한
은사시나무를 뿌리째 흔들며
바람 부는 날
그의 눈이 숫말의 눈처럼 껌벅거리다가
내 어깨에다 뜨거운 눈물이라도 한 방울 흘린다면
그의 겨드랑이에서 풍겨 나는
쉰내가 나의 삶의 코를 틀어막는다면
그렇게 화해에 이르고 말까
언젠가 무주 구천동에서 보았던
열녀비처럼 그 자리에 그대로 서 있어 버릴까

선글라스를 끼고

아무것도 안 하고 그냥 있었는데
내게 가을이 왔다. 이 먼 곳까지
저 혼자 찾아왔다
거칠은 목장에서 낮에는 가축들과 싸우고
밤에는 할 수 없이 시를 쓰던
튼튼한 서부 여자들의 익명 시집 속에서 일어나
거리에 나서니 제멋대로 가을이 나를 따라온다
시티은행 지붕에는 오늘의 날씨가
섭씨와 화씨로 친절하게 게시되고
빌어먹을, 날씨만 좋으면 뭐하나
날씨에 맞는 일도 좀 있어야지
나는 선글라스를 좋아해, 이걸 쓰면 뭐 같거든
벤치에 앉아 오리아나 팔라치*의 연애에 빠져 있던
줄리엣도 검은 안경을 불현듯 꺼내 쓰고
나를 따라나선다. 권총을 숨기고
일 저지를 악당들처럼 씩씩하게
크린튼 거리를 걷는다
가만히 서 있어도 눈시울에
엷은 소금기 맺혀 오는 가을날

서양 계집애와 나는 선글라스를 끼고 걷는다
필생의 동지처럼 어깨를 부비며
큰일 났다 여자들에게 가을이 왔다

* Oriana Fallaci : 독재에 맞섰던 이탈리아 출신 여성 저널리스트.

오늘 밤 나는 쓸 수 있다
— 네루다풍으로

사랑, 오늘 밤 나는 쓸 수 있다
세상에서 제일 슬픈 구절을
이 나이에 무슨 사랑?
이 나이에 아직도 사랑?
하지만 사랑이 나이를 못 알아보는구나
겁도 없이 나를 물어뜯는구나
나는 고개를 끄덕인다
열 손가락에 불붙여
사랑의 눈과 코를 더듬는다
사랑을 갈비처럼 뜯어먹는다
모든 사랑에는 미래가 없다
그래서 숨 막히고
그래서 아름답고 슬픈
사랑, 오늘 밤 나는 쓸 수 있다
이 세상 모든 사랑은 무죄!

늙은 여자
― 미행

반바지 입고 통부츠 신고
머플러를 휘날리며
카페에서 라떼를 마시고
새로 생긴 상점에서 조개 비누를 사고
돌아오는 길
쇼윈도에서 잠시 얼굴을 비춰 보는 사이
드디어 꼬리를 잡고 말았다
저 여자, 언제부터인가 나를 미행하는
웬 늙은 여자
이미 한 철은 더 가 버린 여자
줄기차게 나를 따라다니며
기를 꺾어 놓는
낯선 여자의 꼬리를 잡고 말았다
어떻게 저 여자를 따돌려 놓고
다시 젊은 내 고향으로 돌아갈 수 있을까
그녀에게 내 노래의 도끼를 쥐여 주고
차라리 나 대신
밤마다 슬픈 울음을 허공에 새기는
시인이 되게 할까

우리들의 주말

요즘 우리 아저씨들의 주말은
흰 봉투로 시작되어 흰 봉투로 끝납니다
「축 결혼」 혹은 「부의(賻儀)」 사이를
정신없이 오고 갑니다
한 주일 동안 모진 자동차의 체증에서 살아남아
붓글씨로 새로 쓸 필요도 없이
「축 결혼」 혹은 「부의」라고 쓰인 흰 봉투를
한 묶음씩 사다 놓고
주말이 되면
지난주에 번 돈 중에
얼마를 흰 봉투에 넣고
잠시 머리를 긁습니다. 그리고
「축 결혼」과 「부의」 사이를 뛰어다니며
가장 근엄한 표정으로 숙연하게
인생에 참여하고 옵니다

혹

자궁에 혹 떼어 낸 게 엊그제인데
이번엔 유방을 째자고 한다
누구는 이 나이 되면 힘도 권위도 생긴다는데
내겐 웬 혹만 생기는 것일까
혹시 젊은 날 옆집 소년에게
몰래 품은 연정이 자라 혹이 된 것일까
가끔 아내 있는 남자들 훔쳐봤던 일
남편의 등 뒤에서 숨죽여 칼을 갈며 울었던 일
집만 나서면 어김없이
머리칼 바람에 풀어헤쳤던 일
그것들이 위험한 혹으로 자란 것일까
하지만 떼 내어야 할 것이 혹뿐이라면
나는 얼마나 가벼운가
끼니마다 칭얼대는 저 귀여운 혹들
내가 만든 여우와 토끼들
내친김에 혹 떼듯 떼어 버리고
새로 슬며시 시집이나 가 볼까
빔새 마음으로 마음을 판다

169

한 사내를 만들었다

과천 뒷산 작업실에서
조각가 K의 흙으로
한 사내를 만들었다
푸르른 내 시간의 물방앗간에서
고딕체로 쿵 쿵 방아를 찧던 남자
오늘은 흙 묻은 손으로
눈과 어깨와 전신을
꿈틀거리는 입술을
진종일 만지고 주물러
내 앞에 분명하게 세워 놓았다
이제 남은 일은
수천 도의 불로 사랑을 깨우는 일뿐
그리고 그를 껴안고
당당하게 내 집으로 데려오는 일뿐이다

지는 꽃을 위하여

잘 가거라, 이 가을날
우리에게 더 이상 잃어버릴 게 무어람
아무것도 있고 아무것도 없다
가진 것 다 버리고 집 떠나
고승이 되었다가
고승마저 버린 사람도 있느니
가을꽃 소슬히 땅에 떨어지는
쓸쓸한 사랑쯤은 아무것도 아니다
이른 봄 파릇한 새 옷
하루하루 황금 옷으로 만들었다가
그조차도 훌훌 벗어 버리고
초목들도 해탈을 하는
이 숭고한 가을날
잘 가거라, 나 떠나고
빈 들에 선 너는
그대로 한 그루 고승이구나

사람의 가을

나의 신은 나입니다, 이 가을날
내가 가진 모든 언어로
내가 나의 신입니다
별과 별 사이
너와 나 사이 가을이 왔습니다
맨 처음 신이 가지고 온 검으로
자르고 잘라서
모든 것은 홀로 빛납니다
저 낱낱이 하나인 잎들
저 자유로이 홀로인 새들
저 잎과 저 새를
언어로 옮기는 일이
시를 쓰는 일이, 이 가을
산을 옮기는 일만큼 힘이 듭니다
저 하나로 완성입니다
새 별 꽃 잎 산 옷 밥 집 땅 피 몸 물 불 꿈 섬
그리고 너 나
이미 한 편의 시입니다
비로소 내가 나의 신입니다, 이 가을날

새우와의 만남

손에 쥔 칼을 슬며시 내려놓았다
그에게 선뜻 칼을 댈 수가 없었다
파리로 가는 비행기 안 기내식 속에
그는 분홍 반달로 누워 있었다
땅에서 나고 자란 내가
바다에서 나고 자란 그대와
하늘 한가운데 3만 5000피트
짙푸른 은하수 안에서 만난 것은
오늘이 칠월 칠석이어서가 아니다
그대의 그리움과 나의 간절함이
사람의 눈에는 잘 안 보이는
구름 같은 인연의 실들을 풀고 풀어서
드디어 이렇게 만난 것이다
나는 끝내 칼과 삼지창을 대지 못하고
내가 가진 것 중 가장 부드럽고 뜨거운
나의 입술을 그대의 알몸에 갖다 대었다
내 사랑 견우여

머플러

내가 그녀의 어깨를 감싸고 길에 나서면
사람들은 멋있다고 말하지만
나는 그녀의 상처를 덮는 날개입니다
쓰라린 불구를 가리는 붕대입니다
물푸레나무처럼 늘 당당한 그녀에게도
간혹 아랍 여자의 차도르 같은
보호 벽이 필요했던 것은 아닐까요
처음엔 보호이지만
결국엔 감옥
어쩌면 어서 벗어던져도 좋을
허울인지도 모릅니다

아닙니다 바람 부는 날이 아니라도
내가 그녀의 어깨를 감싸고 길에 나서면
사람들은 멋있다고 말하지만
미친 황소 앞에 펄럭이는
투우사의 망토처럼
나는 세상을 향해 싸움을 거는
그녀의 깃발입니다

기억처럼 내려앉은 따스한 노을

잊지 못할 어떤 체온입니다

율포의 기억

일찍이 어머니가 나를 바다에 데려간 것은
소금기 많은 푸른 물을 보여 주기 위해서가 아니었다
바다가 뿌리 뽑혀 밀려 나간 후
꿈틀거리는 검은 뻘밭 때문이었다
뻘밭에 위험을 무릅쓰고 퍼덕거리는 것들
숨 쉬고 사는 것들의 힘을 보여 주고 싶었던 거다
먹이를 건지기 위해서는
사람들은 왜 무릎을 꺾는 것일까
깊게 허리를 굽혀야만 할까
생명이 사는 곳은 왜 저토록 쓸쓸한 맨살일까
일찍이 어머니가 나를 바다에 데려간 것은
저 무위(無爲)한 해조음을 들려주기 위해서가 아니었다
물 위에 집을 짓는 새들과
각혈하듯 노을을 내뿜는 포구를 배경으로
성자처럼 뻘밭에 고개를 숙이고
먹이를 건지는
슬프고 경건한 손을 보여 주기 위해서였다

나무 학교

나이에 관한 한 나무에게 배우기로 했다
해마다 어김없이 늘어 가는 나이
너무 쉬운 더하기는 그만두고
나무처럼 속에다 새기기로 했다
늘 푸른 나무 사이를 걷다가
문득 가지 하나가 어깨를 건드릴 때
가을이 슬쩍 노란 손을 얹어 놓을 때
사랑한다!는 그의 목소리가 심장에 꽂힐 때
오래된 사원 뒤뜰에서
웃어요! 하며 숲을 배경으로
순간을 새기고 있을 때
나무는 나이를 겉으로 내색하지 않고도 어른이며
아직 어려도 그대로 푸르른 희망
나이에 관한 한 나무에게 배우기로 했다
그냥 속에다 새기기로 했다
무엇보다 내년에 더욱 울창해지기로 했다

문

오늘은 맑은 날, 아무 의미 없어

거울 같은 날

종이에다 시 대신 노란 달을 그린다

시에게 정직을 안겨 주지 못하고

과장과 미화, 아니면 허풍만 떠는 시가 지겨워

밤낮 꽃이나 새나 산만 노래하는 시가 지루해서

희로애락조차 귀찮아서

오늘은 종이에다 달을 그려서

가위로 오려서 대문에 내건다

홍등이 아니라 황등이다

당신이 나를 문(Moon)이라 불러주므로

달은 나의 문패,

나는 문(文)이요, 문(moon)이 되어

그리움으로 둥실 떠오른다

가등이 되어 세상의 슬픔들을 속속들이 비추고

차라리 홍등이 되어도 좋지

사랑 찾아 거리를 서성이는

외롭고 가난한 그대들이

무상으로 그 문(門)을 열어도 좋지

오늘은 맑은 날, 아무 의미 없어
거울 같은 날

흙

흙이 가진 것 중에
제일 부러운 것은 그의 이름이다
흙 흙 흙 하고 그를 불러 보라
심장 저 깊은 곳으로부터
눈물 냄새가 차오르고
이내 두 눈이 젖어 온다

흙은 생명의 태반이며
또한 귀의처인 것을 나는 모른다
다만 그를 사랑한 도공이 밤낮으로
그를 주물러서 달덩이를 낳는 것을 본 일은 있다
또한 그의 가슴에 한 줌의 씨앗을 뿌리면
철 되어 한 가마의 곡식이 돌아오는 것도 보았다
흙의 일이므로
농부는 그것을 기적이라 부르지 않고
겸허하게 농사라고 불렀다

그래도 나는 흙이 가진 것 중에
제일 부러운 것은 그의 이름이다

흙 흙 흙 하고 그를 불러 보면
눈물샘 저 깊은 곳으로부터
슬프고 아름다운 목숨의 메아리가 들려온다
하늘이 우물을 파 놓고 두레박으로
자신을 퍼 올리는 소리가 들려온다

사랑해야 하는 이유

우리가 서로 사랑해야 하는 이유는
세상의 강물을 나눠 마시고
세상의 채소를 나누어 먹고
똑같은 해와 달 아래
똑같은 주름을 만들고 산다는 것이라네
우리가 서로 사랑해야 하는
또 하나의 이유는
세상의 강가에서 똑같이
시간의 돌멩이를 던지며 운다는 것이라네
바람에 나뒹굴다가
서로 누군지도 모르는
나뭇잎이나 쇠똥구리 같은 것으로
똑같이 흩어지는 것이라네

몸을 만드는 여자

딸아, 아무 데나 서서 오줌을 누지 마라
푸른 나무 아래 앉아서 가만가만 누어라
아름다운 네 몸속의 강물이 따스한 리듬을 타고
흙 속에 스미는 소리에 귀 기울여 보아라
그 소리에 세상의 풀들이 무성히 자라고
네가 대지의 어머니가 되어 가는 소리를

때때로 편견처럼 완강한 바위에다
오줌을 갈겨 주고 싶을 때도 있겠지만
그럴 때일수록
제의를 치르듯 조용히 치마를 걷어 올리고
보름달 탐스러운 네 하초를 대지에다 살짝 대어라
그러고는 쉬이쉬이 네 몸속의 강물이
따스한 리듬을 타고 흙 속에 스밀 때
비로소 너와 대지가 한 몸이 되는 소리를 들어 보아라
푸른 생명들이 환호하는 소리를 들어 보아라
내 귀한 여자야

사랑 신고

사랑은 자주 불법 위에 터를 닦고
행복은 무허가 주택이기 쉽다
그러나 걱정할 필요는 없다
철거반이 오기도 전에
마치 유목민의 천막처럼
이내 빈터만 남으니까

가끔 불법 유턴을 하여
위반과 비밀 위에 터를 닦지만
사랑을 신고할 서류는 없다
그래서 사람들은
시를 발명했는지도 모른다
오늘 밤 그런 생각을 해본다

사람들은 진실로 어디에서 살고 있을까
문득 이 도시의 모든 평화가 위조 같다
어떤 사랑으로 한번
장렬하게 추락할 수 있을까
맹목의 힘으로 끝까지 밀고 나가 볼까

사람들이 가끔
목젖을 떨며 우는 이유는 무엇일까
진정한 사랑, 진정한 고통, 진정한 희망은
어떤 서류에도 기록되지 않는다
오늘 밤 그런 생각을 해 본다

돌아가는 길

다가서지 마라
눈과 코는 벌써 돌아가고
마지막 흔적만 남은 석불 한 분
지금 막 완성을 꾀하고 있다
부처를 버리고
다시 돌이 되고 있다
어느 인연의 시간이
눈과 코를 새긴 후
여기는 천년 인각사 뜨락
부처의 감옥은 깊고 성스러웠다
다시 한 송이 돌로 돌아가는
자연 앞에
시간은 아무 데도 없다
부질없이 두 손 모으지 마라
완성이라는 말도
다만 저 멀리 비켜서거라

다시 알몸에게

아침에 샤워를 하며
알몸에게 말한다
더 이상 나를 따라오지 마라
내가 시인이라 해도
너까지 시인이 되어서는 안 된다
어제 나는 하루에 세 살을 더 먹었다
문득 그랬다
이제 백 년 묵은 여우가 되었다
그러니 알몸이여, 너는 하루에 세 살씩 젊어져라
너만큼 자주 나를 배반한 것은 없었지만
네 멋대로 뚱뚱해지고
네 멋대로 주름이 생겼지만
나의 시가 침묵과 경쟁을 하는 사이
네 멋대로 사내를 만났지만
그래도 그냥 너는 알몸을 살아라
책상보다 침대에서
양귀비꽃 머리에 꽂고 싱싱하게
니의 방앗간, 나의 예배당이여

풍선 노래

나를 가지고 놀아 줘
허공에 붕붕 띄워 줘
좀 더 좀 더 입으로 불어 줘
뜨거운 바람 넣어 줘
부드럽고 탱탱한 살결
주물러 터뜨려 줘
아니, 살살 만져 줘
그만 터져 버릴 것만 같아
내 전신은 미끄러운 빙판
삶 전체가 위험에 노출되어 있어
날카로운 시간의 활촉이 나를 노리고 있어
열쇠는 필요 없어
바람의 순간을 즐겨 줘
아니, 신나게 죽여 줘

테라스의 여자

마지막 화살을 쏘아 버린 퀭한 눈을 하고
긴 손톱으로 담배를 피우는 여자
아무렇게나 풀어헤친 머리칼
주름진 입술에 붉은 술을 붓는 여자
쉬운 결혼들, 그보다 더 쉬웠던 이혼들
그러나 모든 게 좋아
가끔 외롭지만 그것도 좋아
그 많은 상처와 그 많은 고백들은
무슨 꽃이라 부르는지 몰라도 좋아
덧없는 포옹, 바람처럼 사라진 심장 소리
말하자면 통속이지만
그 아픔이 모여 인생이 되지
도깨비바늘처럼 달라붙을까 봐
날렵한 농담으로 피해 가는 뒷모습들 바라보며
혼자 어깨를 들썩이며 웃는
테라스의 여자
생전 처음 만났는데
어디선가 많이도 보았던
수많은 저 여자

시(詩)가 나무에게

나무야, 너 왜 거기 서 있니?
걸어 나와라
피 흘려라
푸른 심장을 꺼내 보여 다오
해마다 도로 젊어지는 비밀을
나처럼 언어로 노래해 봐
네 노래는 알아들을 수가 없지만
너무 아름답고 무성해
나의 시 속에 숨어 있는 슬픔보다
더 찬란해
땅속 깊은 곳에서 홀로
수액을 끌어올리며 부르던 그 노래를
오늘은 걸어 나와
나에게 좀 들려다오
나무야, 너 왜 거기 서 있니?

공항에서 쓸 편지

여보, 일 년만 나를 찾지 말아 주세요
나 지금 결혼 안식년 휴가 떠나요
그날 우리 둘이 나란히 서서
기쁠 때나 슬플 때나 함께하겠다고
혼인 서약을 한 후
여기까지 용케 잘 왔어요
사막에 오아시스가 있고
아니 오아시스가 사막을 가졌던가요
아무튼 우리는 그 안에다 잔뿌리를 내리고
가지들도 제법 무성히 키웠어요
하지만, 일 년만 나를 찾지 말아 주세요
병사에게도 휴가가 있고
노동자에게도 휴식이 있잖아요
조용한 학자들조차도
재충전을 위해 안식년을 떠나듯이
이제 내가 나에게 안식년을 줍니다
여보, 일 년만 나를 찾지 말아 주세요
내가 나를 찾아가지고 올 테니까요

성공 시대

어떻게 하지? 나 그만 부자가 되고 말았네
대형 냉장고에 가득한 음식
옷장에 걸린 수십 벌의 상표들
사방에 행복은 흔하기도 하지
언제든 부르면 달려오는 자장면
오른발만 살짝 얹으면 굴러가는 자동차
핸들을 이리저리 돌리기만 하면
나 어디든 갈 수 있네
나 성공하고 말았네
이제 시(詩)만 폐업하면 불행 끝
시 대신 진주 목걸이 하나만 사서 걸면 오케이
내 가슴에 피었다 지는 노을과 신록
아침 햇살보다 맑은 눈물
도둑고양이처럼 기어오르던 고독 다 귀찮아
시 파산 선고하고
행복 벤처 시작할까
그리고 저 캄캄한 도시 속으로
폭탄같이 강렬한 차 하나 몰고
미친 듯 질주하기만 하면

남편

아버지도 아니고 오빠도 아닌
아버지와 오빠 사이의 촌수쯤 되는 남자
내게 잠 못 이루는 연애가 생기면
제일 먼저 의논하고 물어보고 싶다가도
아차, 다 되어도 이것만은 안 되지 하고
돌아누워 버리는
세상에서 제일 가깝고 제일 먼 남자
이 무슨 원수인가 싶을 때도 있지만
지구를 다 돌아다녀도
내가 낳은 새끼들을 제일로 사랑하는 남자는
이 남자일 것 같아
다시금 오늘도 저녁을 짓는다
그러고 보니 밥을 나와 함께
가장 많이 먹은 남자
전쟁을 가장 많이 가르쳐 준 남자

꼬리를 흔들며

비밀이지만 나의 엉덩이에 꼬리가 하나 생겼네
이렇게 고백하면 사람들은
당신도 이젠 기교가 제법 늘었다고 말하겠지만
엉덩이를 직접 보여 드릴 수도 없고
안 보이는 것은 그냥 믿어 주는 게 상책이지
결국 날개는 안 생기고 꼬리가 생겼네
나는 이 꼬리가 싫지 않네
은근히 한 번씩 건드려 보기도 하지
날개는 위험하지만
꼬리는 잘 흔들면 출세도 한다지 않는가
꼬리라는 말이 우선 맘에 드네
꼬리 꼬리 하고 입술을 자꾸 오므렸다 펴면
매우 인간적인 재미에다
꼴찌나 밑바닥이 주는 안도감마저 있어
본질에 닿은 듯
패잔병의 흉터 같은
아니 귀여운 여우 같은 꼬리
사랑하는 이 앞에서 슬쩍 흔들면
이 꼬리 붙잡으며 제발 떠나지 마라 애원해 줄까

오, 비너스에게도 없는 꼬리

나에게 생겼네

이제 이 꼬리 흔들어 당신을 잡아 볼까

찬밥

아픈 몸 일으켜 혼자 찬밥을 먹는다
찬밥 속에 서릿발이 목을 쑤신다
부엌에는 각종 전기 제품이 있어
일 분만 단추를 눌러도 따끈한 밥이 되는 세상
찬밥을 먹기도 쉽지 않지만
오늘 혼자 찬밥을 먹는다
가족에겐 따스한 밥 지어 먹이고
찬밥을 먹는 사람
이 빠진 그릇에 찬밥 훑어
누가 남긴 무 조각에 생선 가시를 핥고
몸에서는 제일 따스한 사랑을 뿜던 그녀
깊은 밤에도
혼자 달그락거리던 그 손이 그리워
나 오늘 아픈 몸 일으켜 찬밥을 먹는다
집집마다 신을 보낼 수 없어
신 대신 보냈다는 설도 있지만
홀로 먹는 찬밥 속에서 그녀를 만난다
나 오늘
세상의 찬밥이 되어

거짓말

가령 강남 어디쯤의 한 술집에서
옛사랑을 다시 만나
사뭇 떨리는 음성으로
"그동안 너를 잊은 적이 없다."고 고백한다면
그것은 참말일까
그 말이 곧 거짓임을 둘 다 알아차리지만
그 또한 사실은 아니어서
안개 속에 술잔을 부딪칠 때
살아온 날들은 거짓말처럼
참말처럼 사라지고
가령 떠내려가 버린 그 많은 말들의 파도를
그 덧없음을
그것을 알아차렸을 때
그때 우리는 누구일까
시인일까

군인을 위한 노래

당신들은 모르실 거예요
이 땅에 태어난 여자들은
누구나 한때 군인을 애인으로 갖는답니다
이 땅의 젊은 남자들은
누구나 군사분계선으로 가서
목숨을 거기 내놓고 한 시절
형제라고 부르는 적을 향해 총을 겨누고
절박하게 고통과 그리움을 배운답니다
그래서 이 땅의 여자들은
소녀 때는 군인에게 위문편지를 쓰고
처녀 때는 군대로 면회를 간답니다
그 시차 속에 가끔 사랑이 엇갈리는 일도 있어
어느 중년의 오후
다시 돌아설 수 없는 길목에서
군복 벗은 그를 우연히 만나
서로 어쩔 줄 몰라 하며
속으로 조금 울기도 한답니다
서로의 생 속에 군사분계선보다 더 녹슨
어떤 선을 발견하고 슬퍼한답니다

당신들은 모르실 거예요
이 땅의 여자들은
누구나 한때 군인을 애인으로 갖는답니다

석류 먹는 밤

오도독! 네 심장에 이빨을 박는다
이빨 사이로 흐르는 붉고 향기로운 피
나는 거울을 보고 싶다
사랑하는 이의 심장을 먹는 여자가 보고 싶다
먹어도 먹어도 허기가 져서
마녀처럼 두개골을 다 파먹는 여자
오, 내 사랑
알알이 언어를 파먹는다
한밤에 일어나 너를 먹는다

동백

지상에서는 더 이상 갈 곳이 없어
뜨거운 술에 붉은 독약 타서 마시고
천 길 절벽 위로 뛰어내리는 사랑
가장 눈부신 꽃은
가장 눈부신 소멸의 다른 이름이라

딸아, 미안하다

── 매주 수요일 정오, 서울 안국동 일본 대사관 앞에는
흰옷 입고 종군 위안부 여성들이 모인다.

딸아, 미안하다
오늘 나는 이렇게 말해야 한다
무능한 나라의 치욕과
적국을 향한 분노로 소리 지르다 말고
나는 목젖을 떨며 깊이 울어야 한다
기실 나는 민족을 잘 모른다
그 민족의 주체가 남성인 것도 모른다
다만 오늘 네 앞에 꿇어 엎드려
울음 우는 것은
나의 외면과 나의 망각을 다시 꺼내 놓고
사죄하는 것은
네 존엄과 네 인격을 전리품으로 가져간
일본군보다 더 깊게
나의 무지와 독선이 슬프기 때문이다
심청을 팔고, 홍도를 팔고 살아난 아비와 오빠
기생과 놀며 풍류를 더하고
그녀들을 화류로 내던진 이 땅의 강물이
부끄럽기 때문이다

결국 강압과 사기로 세계에도 유례없는 성 노예 집단인

적국 군대의 종군 위안부로 보내진 내 딸아

민족보다도, 그 민족의 주체인 남성의 소유물이

상처를 입은 그 어떤 수치심보다도

내 딸의 존엄과 내 딸의 인격이 전리품으로 능욕당한

그 앞에 나는 무릎 꿇어 사죄한다. 진심으로

미안하다, 딸아

치마

벌써 남자들은 그곳에
심상치 않은 것이 있음을 안다
치마 속에 확실히 무언가 있기는 있다
가만두면 사라지는 달을 감추고
뜨겁게 불어오는 회오리 같은 것
대리석 두 기둥으로 받쳐 든 신전에
어쩌면 신이 살고 있을지도 모른다
그 은밀한 곳에서 일어나는
흥망의 비밀이 궁금하여
남자들은 평생 신전 주위를 맴도는 관광객이다
굳이 아니라면 신의 후손인지도 모른다
그래서 그들은 자꾸 족보를 확인하고
후계자를 만들려고 애를 쓴다
치마 속에 확실히 무언가 있다
여자들이 감춘 바다가 있을지도 모른다
참혹하게 아름다운 갯벌이 있고
꿈꾸는 조개들이 살고 있는 바다
한번 들어가면 영원히 죽는
허무한 동굴?

놀라운 것은

그 힘은 벗었을 때 더욱 눈부시다는 것이다

먼 길

나의 신 속에 신이 있다
이 먼 길을 내가 걸어오다니
어디에도 아는 길은 없었다
그냥 신을 신고 걸어왔을 뿐

처음 걷기를 배운 날부터
지상과 나 사이에는 신이 있어
한 발자국 한 발자국 뒤뚱거리며
여기까지 왔을 뿐

새들은 얼마나 가벼운 신을 신었을까
바람이나 강물은 또 무슨 신을 신었을까

아직도 나무뿌리처럼 지혜롭고 든든하지 못한
나의 발이 살고 있는 신
이제 벗어도 될까, 강가에 앉아
저 물살 같은 자유를 배울 수는 없을까
생각해 보지만

삶이란 비상을 거부하는
가파른 계단

나 오늘 이 먼 곳에 와 비로소
두려운 이름 신이여!를 발음해 본다

이리도 간절히 지상을 걷고 싶은
나의 신 속에 신이 살고 있다

그의 마지막 침대

이게 뭐지? 이게 다야?
때로는 비우고
때로는 채우고
결국 병든 짐승으로 쪼그라드는 것이?
오래 사랑하던 말, 가뭇없이 꺼져가는
이게 끝이란 말이야?
역순이어야 해
처음에 늙은 짐승으로 태어나
맑고 눈부신 성인으로 커서
사랑스러운 아기로 끝나고 싶어
혹은 알이 되어도 좋아
어머니의 자궁, 대지의 구멍으로
다시 살포시 들어가고 싶어
신이 인간을 만들었다고?
이 가련한 육신을?
정신보다는 망령뿐이고
육신이라기보다 넝마인
이것이 신의 작품의 끝 장면이라고?
쓰린 상처와 가시를 헤치고

결국 아무것도 아닌

이게 뭐지? 이게 다야?

혼자 가질 수 없는 것들

가장 아름다운 것은
손으로 잡을 수 없게 만드셨다
사방에 피어나는
저 나무들과 꽃들 사이
푸르게 솟아나는 웃음 같은 것

가장 소중한 것은
혼자 가질 수 없게 만드셨다
새로 건 달력 속에 숨 쉬는 처녀들
당신의 호명을 기다리는 좋은 언어들

가장 사랑스러운 것은
저절로 솟게 만드셨다
서로를 바라보는 눈 속으로
그윽이 떠오르는 별 같은 것

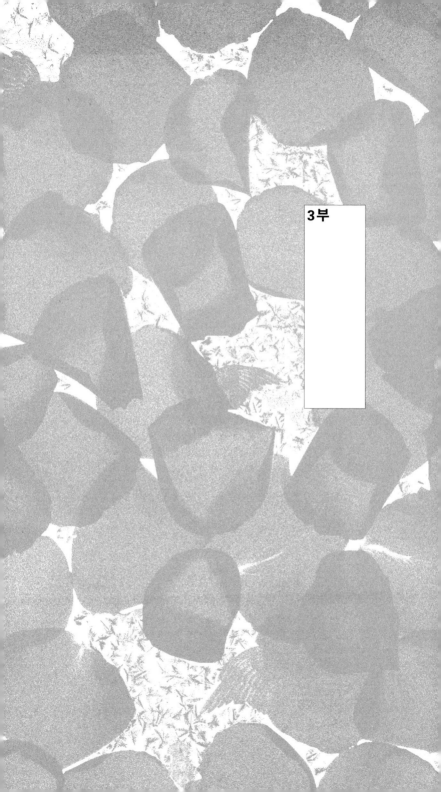

3부

초대받은 시인

정치가들도 시를 좀 알아야 하지 않겠느냐며
군인 출신 대통령이 저녁 초대를 한 날
청와대 뜰로 들어가는
신분증 번호를 대다 말고
나는 그만 돌아서 버렸다

나를 시인이라고 알지 마라
나는 글창녀니라
죄 없는 아이들에게 소리 지르며
값싼 원고에 매달려 중노동으로 살아왔지만
그 순간 시인이 되고 싶었다

백악관 저녁 초대를 갔다 오면
뜰에 기르는 거위 2백 마리가 저녁을 굶을까 봐
가벼이 거절했던 북부 뉴욕의 한 작가처럼
모이를 줘야 할 거위 한 마리 내게는 없지만
대통령의 저녁 초대에 나는 못 간다고 말했다

그러나 곧 내 속에 숨은

또 하나의 얼굴이 기어 나왔다
그러고는 무슨 의연한 선비나
서툰 운동권 같은 폼을 잡는다
나 군인 대통령의 청와대 초대를 거절했노라고
은근히 그것을 선전하고
으스대고 싶어 전신이 마구 가려웠다
밤새 그 시인의 몸을
날카로운 손톱으로 긁어 주었다

내가 한 일

어머니에게 배운 말로
몇 낱의 시를 쏟아 낸 일이 있습니다
하지만 그것은 결국
욕망의 다른 이름이 아니었을까요
목숨을 걸고 아이를 낳고
거두고 기른 일도 있긴 하지만
그것도 시간이 한 일일 뿐이네요
태어나서 그저 늙어 가는 일
나의 전 재산은 그것입니다
그것조차 흐르는 강의 일이나
기실 저 자연의 일부라면 그러면
나는 아무것도 아니고만 싶습니다
강물을 안으로 집어넣고
바람을 견디며
그저 두 발로 앞을 향해 걸어간 일
내가 한 일 중에
그것을 좀 쳐준다면 모를까마는

화장을 하며

입술을 자주색으로 칠하고 나니
거울 속에 속국의 공주가 앉아 있다
내 작은 얼굴은 국제 자본의 각축장
거상들이 만든 허구의 드라마가
명실공히 그 절정을 이룬다
좁은 영토에 만국기 펄럭인다

금년 가을 유행색은 섹시브라운
샤넬이 지시하는 대로 볼연지를 칠하고
예쁜 여자의 신화 속에
스스로를 가두니
이만하면 음모는 제법 완성된 셈
가끔 소스라치며
자신 속의 노예를 깨우치지만
매혹의 인공향과 부드러운 색조가 만든
착시는 이미 저항을 잃은 지 오래다

시간을 손으로 막기 위해 육체란
이렇듯 슬픈 향을 찍어 발라야 하는 것일까

안간힘처럼 에스테 로더의 아이라이너로

검은 철책을 두르고

디오르 한 방울을 귀밑에 살짝 뿌려 마무리한 후

드디어 외출 준비를 마친 속국의 여자는

비극 배우처럼 서서히 몸을 일으킨다

"응"

햇살 가득한 대낮
지금 나하고 하고 싶어?
네가 물었을 때
꽃처럼 피어난
나의 문자
"응"

동그란 해로 너 내 위에 떠 있고
동그란 달로 나 네 아래 떠 있는
이 눈부신 언어의 체위

오직 심장으로
나란히 당도한
신의 방

너와 내가 만든
아름다운 완성

해와 달

지평선에 함께 떠 있는

땅 위에 제일 평화롭고
뜨거운 대답
"응"

화살 노래

이 말을 할 때면 언제나
조금 울게 된다
너는 물보다도 불보다도
기실은 돈보다도 더 많이
말을 사용하며 살게 되리라
그러므로 말을 많이 모아야 한다
그리고 잘 쓰고 가야 한다

하지만 말은 칼에 비유하지 않고
화살에 비유한단다
한번 쓰고 나면 어딘가에 박혀
다시는 돌아오지 않기 때문이다

날카롭고 무성한 화살 숲 속에
살아 있는 생명, 심장 한가운데 박혀
오소소 퍼져 가는 독 혹은 불꽃

새 경전의 첫 장처럼
새 말로 시작하는 사랑을 보면

목젖을 떨며 조금 울게 된다
너는 물보다도 불보다도
돈보다도 더 많이
말을 사용하다 가리라
말이 제일 큰 재산이니까
이 말을 할 때면 정말
조금 울게 된다

거웃

마지막으로 아래 털을 깎이었다

초경과 함께
수풀처럼 돋아난 거웃을
뱀의 비늘 같이 차가운 면도날이
스읏스읏
지나간 후
나는 털 없는 여자가 되었다

드디어 철 침대의 바퀴는
서서히 굴러
수술실이라 쓰인 문 안으로
들어갔다

자, 뭐냐?
이제 남은 것은?
오오, 몸서리친 한 덩어리 고기
곧 핏물을 흥건히 내뿜으리라

고무장갑과 칼과 핀셋이
신과 심각한 의논을 하는 동안

오직 공포 한 마리가
처절한 짐승처럼
한 생명을 지키고 있으리라

동백꽃

나는 저 가혹한 확신주의자가 두렵다

가장 눈부신 순간에
스스로 목을 꺾는
동백꽃을 보라

지상의 어떤 꽃도
그의 아름다움 속에다
저토록 분명한 순간의 소멸을
함께 꽃피우지는 않았다

모든 언어를 버리고
오직 붉은 감탄사 하나로
허공에 한 획을 긋는
단호한 참수

나는 차마 발을 내딛지 못하겠다

전 존재로 내지르는

피 묻은 외마디의 시 앞에서
나는 점자를 더듬듯이
절망처럼
난해한 생의 음표를 더듬고 있다

나의 아내

나에게도 아내가 있었으면 좋겠다
봄날 환한 웃음으로 피어난
꽃 같은 아내
꼭 껴안고 자고 나면
나의 씨를 제 몸속에 키워
자식을 낳아 주는 아내
내가 돈을 벌어다 주면
밥을 지어 주고
밖에서 일할 때나 술을 마실 때
내 방을 치워 놓고 기다리는 아내
또 시를 쓸 때나
소파에서 신문을 보고 있을 때면
살며시 차 한 잔을 끓여다 주는 아내
나 바람나지 말라고*
매일 나의 거울을 닦아 주고
늘 서방님을 동경 어린 눈으로 바라보는
내 소유의 식민지
명분은 우리 집안의 해
나를 아버지로 할아버지로 만들어 주고

내 성씨와 족보를 이어 주는 아내
오래전 밀림 속에 살았다는 한 동물처럼
이제 멸종되어 간다는 소식도 들리지만
아직 절대 유용한 19세기의 발명품** 같은
오오, 나에게도 아내가 있었으면 좋겠다

* 미당의 시 「내 아내」 중에서.
** 매릴린 옐롬의 『아내』 중에서

집 이야기

태어날 때부터 여자들은
몸 안에 한 채의 궁전을 가지고 태어난다
그래서 따로 지상의 집을 짓지 않는다
아시다시피 지상의 집을 짓는 것은 남자들이다
철근이나 시멘트나 벽돌을 등에 지고
한 생애를 피 흘리는
저 남자들의 집짓기, 바라보노라면
홀연 경건한 슬픔이 감도는
영원한 저 공사판의 사내들
때로 욕설과 소주병이 나뒹구는
싸움을 감내하며
그들은 분배를 위한 논리와
정당성을 만들기 위한 계략을 세우기도 하지만
우리가 사랑하는 남자들은
이내 철거되고야 말 가뭇한 막사 한 채를 위하여
피투성이 전쟁터에서 생애를 보낸다
일설에 의하면 그들은 자신들이 태어난
여자들의 궁전으로 돌아와
자주 죽음을 감수하곤 한다고도 하지만

역사는 아무리 생각해도 잘 모르겠고
그저 오묘할 뿐이다 태어날 때부터 몸 안에
궁전을 가지고 태어나는 인간의 종(種)이 있다니
그들이 오랫동안 박해를 받고
끝없는 외침에 시달리는 것도
생각해 보면 당연한 귀결인 것 같다

그 소년

터미널에서 겨우 잡아탄 택시는 더러웠다
삼성동 가자는 말을 듣고도 기사는
쉽게 방향을 잡지 않더니
불붙은 담배를 창밖으로 획 던지며
덤빌 듯이 거칠게 액셀을 밟았다
그리고 혼잣말처럼 욕을 하기 시작했다
삼성동에서 생선탕 집을 하다가
집세가 두 배로 올라 결국 파산하고 말았다 했다
적의뿐인 그에게 삼성동까지 목숨을 내맡긴 나는
우선 그의 사투리에 묻은 고향에다 안간힘처럼
요즘 말로 코드를 맞춰 보았다
그쪽이 고향인 사람과 사귄 적이 있다고 했다
그러고는 속으로 이 시를 시대 풍자로 끌고 갈까
그냥 서정시로 갈까 망설이는 순간
그에게서 믿을 수 없는 한 소년이 튀어나왔다
한 해 여름 가난한 시골 소년이 쳐다볼 수 없는
서울 여학생을 땡볕처럼 눈부시게 쳐다보았다고 했다
그리고 가을날 불현듯 그 여학생이 보낸
편지를 받았다고 했다 마치 기적을 손에 쥔 듯

떨려서 봉투를 쉽게 뜯지 못하고 있을 때
어디서 나타났는지 친구 녀석이 획 낚아채서
편지를 시퍼런 강물에 던져 버렸다고 했다
그는 지금도 밤이 되면 흐르는 불빛 속을 가면서
그때 그 편지가 떠내려가던 시퍼런 급류 앞에서
속으로 통곡하는 소년을 본다고 했다
어느새 당도한 삼성동에 나는 무사히 내렸다
소년의 택시는 그 자리에서 좀체 움직일 줄을 몰랐다

당신의 냄새

말갈기 날리며 천 리를 달려온 말이
별빛 땀을 뿌리며
멈춰 설 때
풀밭에서 쏴아 하니 풍기는 냄새

숲 속에 살고 있는 안개가
나무들의 겨드랑이를 간지를 때
푸른 목신들이 간지럼을 타며
소소리바람을 일으키는 냄새

물속에서 물고기들의 비늘이
하늘을 나는 새들의 깃털과
리듬에 맞추어 춤을 출 때
땅속의 뿌리들도 그걸 알고
저절로 어깨를 들썩이는 냄새
꽃이 필 때
발그레 탄성을 지르며
진흙들이 내뿜는 냄새

당신의 냄새는
내가 최초로 입술을 가진 신이 되어
당신의 입술과 만날 때
하늘과 땅 사이로 쏟아지는
여름 소나기 냄새

두 조각 입술

닫힌 문을 사납게 열어젖히고
서로가 서로를 흡입하는 두 조각 입술
생명이 생명을 탐하는
저 밀착의 힘

투구를 벗고
휘두르던 목검을 내려놓고
어긋난 척추들을 밀치어놓고
절뚝이는 일상의 결박을 풀고

마른 대지가 소나기를 빨아들이듯
들끓는 언어 속에서
하늘과 땅이
드디어 눈을 감고 격돌하는 순간

별들이 우르르 쏟아지고
빙벽이 무너지고
단숨에 위반과 금기를 넘어서서
마치 독약을 마시듯이 휘청거리며

탱고처럼 짧고 격렬한 집중으로

두 조각 입술이 만나는

숨 가쁜 사랑의 순간

탯줄

대학병원 분만실 의자는 Y자였다
어디로도 도망칠 수 없는
새끼 밴 짐승으로
두 다리 벌리고 하늘 향해 누웠다

성스러운 순간이라 말하지 마라
하늘이 뒤집히는
날카로운 공포
이빨 사이마다 비명이 터져 나왔다
불인두로 생살 찢기었다

드디어
내 속에서 내가 분리되었다
생명과 생명이 되었다

두 생명 사이에는
지상의 가위로는 자를 수 없는
긴 탯줄이 이어져 있었다

가장 처음이자
가장 오래인 땅 위의 끈
이보다 확실하고 질긴 이름을
사람의 일로는 더 만들지 못하리라

얼마 후
환속한 성자처럼
피 냄새 나는 분만실을
한 어미와 새끼가
어기적거리며 걸어 나왔다

꽃의 선언

내가 원하는 방식대로
나의 성(性)을 사용할 것이며
국가에서 관리하거나
조상이 간섭하지 못하게 할 것이다
사상이 함부로 손을 넣지 못하게 할 것이며
누구를 계몽하거나 선전하거나
어떤 경우에도
돈으로 환산하지 못하게 할 것이다
정녕 아름답거나 착한 척도 하지 않을 것이며
도통하지 않을 것이며
그냥 내 육체를 내가 소유할 것이다
하늘 아래
시의 나라에
내가 피어 있다

내 고향에 감사해

내 고향에 감사해

저 많은 나무들을 보내
초록을 가르쳐 주었고
저 많은 새들을 보내
노래를 알게 했으니까
저 많은 비를 보내
생명을 키우는 눈물을 알게 했으니까

내 고향에 감사해

저 많은 강물을 보내
흐르는 시간을 보여 주었고
저 많은 나비들을 보내
떠나간 이들을 그리워하게 했으니까
저 많은 길들을 보내
내가 시를 쓰게 했으니까

밥상 이야기

여기가 역사의 발원지 같다
옹달샘처럼 빙 둘러앉은 밥상에
숟가락들 가지런히 놓여 있는
저 예사롭지 않은 풍경을 보라

남편과 아내가 있고
그 아래 자식들이 딸린 구조
그래서 이곳을
흔히 행복의 원천으로 오해하기도 한다

철사로 동여맨 분재 나무처럼
혈연으로 꽁꽁 얽힌
우리들의 홈 스위트 홈
한 이상주의자가
지상에다 작은 천국을 만들려다
끝내 완성을 보지 못한 곳인지도 모른다

날마다 사랑을 파 내려가는
길고 긴 인내와 습관의 밭고랑

행복을 실습하기 알맞은
어쩌면 가장 민감한 정치 1번지

가끔 희망처럼 아이가 태어나지만
빙 둘러앉은 숟가락들이
서로를 파먹다가
하나둘 흩어져
결국 서로의 가슴에 깊이 매장된다

이 밥상의 이야기는
지상이 끝나는 날까지 지속될 것이고
아마도 우리는 그것을 역사라 부를 것이다

늙은 꽃

어느 땅에 늙은 꽃이 있으랴
꽃의 생애는 순간이다
아름다움이 무엇인가를 아는 종족의 자존심으로
꽃은 어떤 색으로 피든
필 때 다 써 버린다
황홀한 이 규칙을 어긴 꽃은 아직 한 송이도 없다
피 속에 주름과 장수의 유전자가 없는
꽃이 말을 하지 않는다는 것은
더욱 오묘하다
분별 대신
향기라니

명봉역*

아직도 은소금 하얀 햇살 속에 서 있겠지
서울 가는 상행선 기차 앞에
차창을 두드릴 듯
나의 아버지
저녁노을 목에 감고
벚나무들 슬픔처럼 흰 꽃 터뜨리겠지

지상의 기차는 지금 막 떠나려 하겠지

아버지와 나 마지막 헤어진 간이역
눈앞에 빙판길
미리 알고
봉황새 울어 주던 그날
거기 그대로 내 어린 날
눈 시리게 서 있겠지

* 한자로 울 명(鳴) 새 봉(鳳) 즉, 새가 운다는 뜻을 가진 광주와 순천 사이
에 있는 간이역.

내가 입술을 가진 이래

내가 입술을 가진 이래
사랑한다는 말을 한 적이 있다면
해가 질 때였을 것이다
숨죽여 홀로 운 것도 그때였을 것이다

해가 다시 떠오르지 않을지도 몰라
해가 다시 떠오르지 않으면
당신을 못 볼지도 몰라
입술을 열어
사랑한다고 사랑한다고 말한 적이 있다면……

한 존재가 흔적도 없이 사라지고 말 것을
꽃 속에 박힌 까아만 죽음을
비로소 알며
지는 해를 바라보며
나의 심장이 지금 뛰는 것을
당신께 고백한 적이 있다면……

내가 입술을 가진 이래

절박하게 허공을 두드리며

사랑을 말한 적이 있다면

그것은 아마 해가 질 때였을 것이다

독수리의 시

눈알 속에 불이 담긴 맹금
나는 부리로 허공을 쪼던 독수리였는지도 몰라

나는 칼 잡은 여자!
도마 위에 날것을 얹어 놓고 수없는 상처를 내고
자르고 썰고 토막 치고 살았지
불로 끓이고 지지고 볶고 살았지

나는 한 달에 한 번 피를 보는 여자!
제 몸을 찢어 아이를 낳아 사람으로 키우지
내가 시인이 된 것은 당연한 일
다리미가 뜨거워지기를 기다리는 동안 책을 읽고*
찌개가 끓는 동안 글을 썼지
밤이 되면 남자가 아니라
허물 벗은 자신의 맨살을 만지며
김치의 숙성처럼 스스로 익어 가는 목소리를 기다렸지

나는 알고 있지
적과 동지를 구별하는 기교가 아니라

내가 나를 키우는 자궁의 시간을

그 무엇도 아닌 자신의 피로 쓰는

천 년 독수리의 시 쓰는 법을

* 미국의 여성 시인 에이드리언 리치.

쓸쓸

요즘 내가 즐겨 입는 옷은 쓸쓸이네
아침에 일어나 이 옷을 입으면
소름처럼 전신을 에워싸는 삭풍의 감촉
더 깊어질 수 없을 만큼 처연한 겨울 빗소리
사방을 크게 둘러보아도 내 허리를 감싸 주는 것은
오직 이것뿐이네
우적우적 혼자 밥을 먹을 때에도
식어 버린 커피를 괜히 홀짝거릴 때에도
목구멍으로 오롯이 넘어가는 쓸쓸!
손글씨로 써 보네 산이 두 개나 위로 겹쳐 있고
그 아래 구불구불 강물이 흐르는
단아한 적막강산의 구도!
길을 걸으면 마른 가지 흔들리듯 다가드는
수많은 쓸쓸을 만나네
사람들의 옷깃에 검불처럼 얹혀 있는 쓸쓸을
손으로 살며시 떼어 주기도 하네
지상에 밤이 오면 그에게 술 한잔을 권할 때도 있네
그리고 옷을 벗고 무념(無念)의 이불 속에
알몸을 넣으면

거기 기다렸다는 듯이
와락 나를 끌어안는 뜨거운 쓸쓸

부부

부부란 여름날 멀찍이 누워 잠을 청하다가도
어둠 속에서 앵 하고 모기 소리가 들리면
순식간에 합세하여 모기를 잡는 사이이다

많이 짜진 연고를 나누어 바르는 사이이다
남편이 턱에 바르고 남은 밥풀만 한 연고를
손끝에 들고 나머지를 어디다 바를까 주저하고 있을 때
아내가 주저 없이 치마를 걷고
배꼽 부근을 내미는 사이이다
그 자리를 문지르며 이달에 사용한
신용카드와 전기세를 함께 떠올리는 사이이다

결혼은 사랑을 무화시키는 긴 과정이지만
결혼한 사랑은 사랑이 아니지만
부부란 어떤 이름으로도 잴 수 없는
백 년이 지나도 남는 암각화처럼
그것이 풍화하는 긴 과정과
그 곁에 가뭇없이 피고 지는 풀꽃 더미를
풍경으로 거느린다

나에게 남은 것이 무엇인가를 생각하다가
네가 쥐고 있는 것을 바라보며
손을 한번 쓸쓸히 쥐었다 펴 보는 사이이다

서로를 묶는 것이 거미줄인지
쇠사슬인지는 알지 못하지만
부부란 서로 묶여 있는 것만은 확실하다고 느끼며
오도 가도 못한 채
죄 없는 어린 새끼들을 유정하게 바라보는
그런 사이이다

지금 장미를 따라
—— 프리다 칼로*의 집에서

유명한 여자의 집은
으깨어진 골반 위에 세워진다

초겨울을 난타하는 카리브 바람 속에
음지식물처럼 소리 없이 절규하는
한 여자의 집

머리핀과 레이스 속옷
입술 자국 아직 선명한 찻잔 사이
가슴 터진 석류가 왈칵 슬픔을 쏟고 있다

이마에 박힌 호색한 남편은 신이요 악마
결혼은 푸른 꽃 만발한 고통의 신전

피 흐르는 자궁을 코르셋으로 묶어 놓고
침대에 누워
그림만 그림만 그리다가
강철같이 찬란한 그림이 된
한 여자의 집

아무것도 없었다
사랑도 광기도 혁명도
무엇으로 쓸어야 이리 없는 것인지
빈 뜰인지

시간이 있을 때 장미를 따라
지금을 즐겨라**
해골들만 몸 비틀며 웃고 있었다

* 멕시코의 여성 화가(1907~1954).
** 카르페 디엠.

물방울

만국기 펄럭이는 가을 운동장
어린 날의 수돗가에서
한 남자아이가 내 얼굴에 뿌리고 간
차가운 물방울

플라타너스 푸른 숨결로
내뿜던 고백
처음으로 H_2O가 아니었던
무지개의 재료

그 속에 상아 건반이 있었는지
포롱포롱 피어나던
피아노 소리

하늘 아래 가장 맑고
투명한 프러포즈
소스라치게 나를 놀래킨
첫 물방울 세례

반지 만들어 오래 끼고 싶은
단 하나의 보석 알

요즘 뭐하세요

누구나 다니는 길을 다니고
부자들보다 더 많이 돈을 생각하고 있어요
살아 있는데 살아 있지 않아요
헌 옷을 입고
몸만 끌고 다닙니다
화를 내며 생을 소모하고 있답니다
몇 가지 물건을 갖추기 위해
실은 많은 것을 빼앗기고 있어요
충혈된 눈알로
터무니없이 좌우를 살피며
가도 가도 아는 길을 가고 있어요

나 떠난 후에도

나 떠난 후에도 저 술들은 남아
사람들을 흥분시키고
사람들을 서서히 죽이겠지

나 떠난 후에도 사람들은 술에 취해
몸은 땅에 가장 가까이 닿고
마음은 하늘에 가장 가까이 닿아
허공 속을 몽롱하게 출렁이겠지

혀끝에 타오르는 불로
아무렇게나 사랑을 고백하고
술 깨고 난 후의 쓸쓸함으로
시를 쓰겠지

나 떠난 후에도
꿈 같은 죄와 악마들은 남아
거리를 비틀거리며
오늘 나처럼 슬프게 돌아다니겠지
누군가 또 떠나겠지

새 옷 입는 법

새로 핀 꽃에서 어머니를 만나네
나에게는 어린아이가 많다네
꽃들이 옷 입는 법을
새로 가르쳐 주면
새 옷 입고 사운사운 시를 쓰겠네

이 도시가 악어들의 이빨로 가득해도
이만하면 살 만하다네
우리는 모두 고향을 버리고 온 새
그래도 혼자가 아니라네
아침이 또 찾아왔잖아
새 길이 내 앞에 누워 있잖아
고통과 쓸쓸함이 따라다니지만
부드러운 비가 어깨를 감싸 주는 날도 있지
새로 또 꽃은 피어
눈부시게 옷 입는 법을 가르쳐 주고
새들은 풀잎 같은 혀로 시 짓는 법을 들려주네
나무들은 몸으로 춤을 보여 주네

아무래도 나는 사랑을 앓고 있는 것 같네

악어들이 검은 입을 벌린 이 도시

왜 자꾸 새 옷을 차려입고 싶은지

왜 자꾸 사운사운 시를 짓고 싶은지

낙타초

사막에 핀 가시
낙타초를 씹는다
낙타처럼 사막을 목구녕 속으로 밀어 넣고
솟구치는 침묵을 심장에다 구겨 넣는다

마른 땅 물 한 모금을 찾아 천길 뻗친 뿌리가
사투 끝에 하늘로 치솟아
허공의 극점을 찌르는
비장한 최후

뜨거운 모래를 걷는 날카로운 맨발로
어둠 속 별 딸기 같은 독침을 씹는다

새처럼 허공을 걷지 못해
제 혀에서 솟은 피
제 목에서 흐르는 선혈로 절명을 잇는
나는 사막의 시인이다

물시

나 옷 벗어요
그다음도 벗어요

가고 가고
가는 것들 아름다워서

주고 주고
주는 것들 풍요로워서

돌이킬 수 없어 아득함으로
돌아갈 수 없어 무한함으로

부르르 전율하며
흐르는 강물

나 옷 벗어요
그다음도 벗어요

눈동자는 왜 둥근가

거울을 들여다본다. 거울 속은
슬프고 오싹한 동물원이다
둥근 눈동자로 둥근 눈동자를 들여다본다
눈동자가 둥근 것은 둥글게 보라는 것이다
둥근 눈물을 흘리고
둥근 달처럼 사방에 스미라는 것이다

거울을 들여다본다. 둥근 눈동자로
둥근 씨앗을 만나려 한다
가빠지는 숨소리로 굴러가려 한다
둥근 씨앗 하나가 둥근 달 속에서
둥글게 둥글게 굴러가서
좀 더 많이 좀 더 넓게 자손을 퍼뜨리려 한다

거울을 들여다본다. 거울 속은
뜨겁고 뭉클한 동물원이다
어떤 짐승의 눈동자도 네모난 것은 없다

미친 약속

창밖 감나무에게 변하지 말라고 할 수는 없는 일이다
풋열매가 붉고 물렁한 살덩이가 되더니
오늘은 야생조의 부리에 송두리째 내주고 있다
아낌없이 흔들리고 아낌없이 내던진다

그런데 나는 너무 무리한 약속을 하고 온 것 같다
그때 사랑에 빠져
절대 변하지 않겠다는 미친 약속을 해 버렸다

감나무는 나의 시계
감나무는 제자리에서
시시각각 춤추며 시시각각 폐허에 이른다

어차피 완성이란 살아 있는 시계의 자서전이 아니다
감나무에게 변하지 말라고 할 수는 없는 일이다

길 잃어버리기

내가 서 있는 이 자리가 나의 자리인가요
탑처럼 서서 듣는 저 종소리가
나의 시인가요
종소리 속의 쇠 울음, 짐승의 순간
애달픈 육체

기꺼이 길을 떠나
기꺼이 길을 잃어버린 대낮
시간의 탕약처럼 졸아든 고도(孤島)의 한가운데
길이 물이고 물이 길인가요

길을 잃기도 쉽지 않아
미로와 수로 사이
그냥 이 자리에 있는 길*인가요

나는 외로움 부자, 자유 부자, 가난 부자
온몸으로 꽃 한 송이
눈부신 노숙

오직 허공을 머리에 인
가벼운 허영의 깃털인가요

* 지관타좌(只管打坐), 일본 조동종의 창시자 도겐(道元)의 말

물의 시집

사랑시는 물에다 써야 한다
출렁임으로
다만 출렁임으로 완성이어야 한다

위험한 거미줄에 걸린
고통과 쾌락의 악보
사랑시 한 줄의 이슬 방울들
저녁 물거품이 상륙하기 전의
꿈같은 산방

노크도 없이 문이 열리면
이윽고 썰물을 따라
가뭇없이 사라지는 물거품의 가락으로

사랑시는 물에다 써야 한다
물에서 태어나고
사라지는 물의 시집이어야 한다

살아 있다는 것은

살아 있다는 것은
파도처럼 끝없이 몸을 뒤집는 것이다
내가 나를 사랑하기 위해 몸을 뒤집을 때마다
악기처럼 리듬이 태어나는 것이다

살아 있다는 것은 암각화를 새기는 것이다
그것이 대단한 창조인 양 눈이 머는 것이다
바람에 온몸을 부딪치며
쉬지 않고 바위에게 흰 손을 내미는 것이다
할랑이는 지느러미가 되는 것이다

살아 있다는 것은
순간마다 착각의 비늘이 돋는 것이다

바느질하는 바다

바다는 서 있고
내가 흐르고 있었나 봐

검은 씨앗을 받으려고
태양 앞에 보자기를 펼친 바다

천 번의 대결과
만 번의 패배로 늠름한
바다는 서 있고
내가 흐르고 있었나 봐

바느질하는 여자처럼 등을 구부리고
꿰매어도 꿰매어도 아물지 않는 상처를 안고
시시각각 일몰이 다가드는 시간

바늘귀보다 작은 내 사랑은
네가 꿰어 준 은빛 실을 달고
어디로 사라졌을까

바다는 서 있고
내가 흐르고 있었나 봐

김치

미안해요, 어머니
나는 김치가 그립지 않아요
그 아리고 매운맛을 벌써 잊어버렸나 봐요
나의 혀는 이미 창녀가 되어
아무거나 입으로 들어오는 대로 받아들이네요

진종일 한마디도 써 본 적이 없는 모국어와
외로움에 굶주린 창자는
결국 홀로 꿈틀거리던 혀를 마비시켰나 봐요
무엇이건 들어오는 대로 씹고 삼키려 하네요

당신을 떠나온 지 얼마나 되었다고
낯설고 알 수 없는 햇살에 길이 들어가네요
바람 든 무우처럼 윙윙거리네요

통역

깃털 하나가 허공에서 내려와
어깨를 툭! 건드린다
내 몸에서 감탄이 깨어난다

별 하나가 하늘에서 내려와
오래된 기억을 건드린다
물살을 슬쩍! 일으킨다

깃털과 별과
나 사이
통역이 필요 없다

그 의미를 묻지 않아도
서로 다 알아들었으니까

조장(鳥葬)

사막에서 시신을 쪼아 먹는 새를 본 후로는
세상의 모든 새들이 육친으로 보인다
집으로 돌아온 후에도 내 살과 피는
새의 눈처럼 날카롭고 의뭉하다
아무리 씻어도 죄 냄새가 난다
입술에 묻은 핏빛 슬픔과
검은 고독으로
시를 쓴다
살덩이로 사는 한 그림자를 벗어날 수 없다
눈알은 불안으로 흔들리고
날개는 상처로 무겁기만 하다
발자국마다 따라오는 무덤을 끌고
그래 가자! 나의 육친
사랑하는 나의 육신의 악마여
온몸을 으깨며 추락하는 빗물로 땅에 떨어져
결국 흙의 이빨에 물어뜯기고 말
나는 나의 시신을 쪼아 먹는
한 마리의 쫓기는 검은 새이다

토불(土佛)

잘 가요 내 사랑
나는 진흙 속에 남겠어요
나무와 나뭇잎이 헤어지듯
그렇게 가벼운 이별은 없나 보아요
당신 보내고 하늘과 땅의 가시를 홀로 뽑아내요
끝까지 함께 건널 줄 알았는데
바람이 휘두르는 칼날에 그만 스러집니다
사랑이라는 이름조차 때로 집어등(集魚燈)처럼
사람을 가두고 눈멀게 하네요
나 모르는 것을 숨기고 있다가
진흙탕, 가장 깊은 진흙탕에 넘어뜨리네요
더 이상 갈 곳 없어 광활한 심연
꽃도 죄도 거기 녹이며
검은 씨앗으로 나 오래 어둡겠어요
당신이 또 다른 이름이 되어 가는 동안
홀로의 등불을 홀로 끄고 켜는
작은 토불되어 뒹굴겠어요

강

어머니가 죽자 성욕이 살아났다
불쌍한 어머니! 울다 울다
태양 아래 섰다
태어난 날부터 나를 핥던 짐승이 사라진 자리
오소소 냉기가 자리 잡았다

드디어 딸을 벗어 버렸다!
고려야 조선아 누대의 여자들아, 식민지들아
죄 없이 죄 많은 수인(囚人)들아, 잘 가거라
신성을 넘어 독성처럼 질긴 거미줄에 얽혀
눈도 귀도 없이 늪에 사는 물귀신들아
끝없이 간섭하던 기도 속의
현모야, 양처야, 정숙아,
잘 가거라. 자신을 통째로 죽인 희생을 채찍으로
우리를 제압하던 당신을 배반할 수 없어
물밑에서 숨 쉬던 모반과 죄책감까지
브래지어 풀듯이 풀어 버렸다

어머니 장례 날, 여자와 잠을 자고 해변을 걷는 사내*여

말하라. 이것이 햇살인가 허공인가
나는 허공의 자유, 먼지의 고독이다
불쌍한 어머니, 그녀가 죽자 성욕이 살아났다
나는 다시 어머니를 낳을 것이다*

* 카뮈 『이방인』의 뮈르소.

회오리 꽃

나는 좀 미쳤나 보다
꽃 속으로 들어가 꽃이 되고 싶다
꽃 속으로 들어가 대낮이 되었다가
순간에 격렬하게 시들고 싶다

방금 건져 올린 햇살 속
물고기 비늘 싱싱한 몸짓
허망을 향해 파르르 항거하는
꽃 속에서 까맣게 웃고 싶다

꽃 속으로 들어가 꽃이 되고 싶다
찬란한 개화가 되고 싶다
허공에 닿자마자 변질의 냄새를 풍기는
한 떨기 입술
시시각각 상처가 빛을 뿜는
가뭇없는 회오리 꽃이 되고 싶다

구두 수선공의 봄

어디로 간다지?

어디면 어때

송곳처럼 서 있는 자리! 발바닥이 밀고 가는 조각배!

임시정부 아닌 임시전부!

여기가 모든 혁명의 시발점이지

봄날, 왕의 행렬을 구경 나온 여자처럼 뜨갯감을 손에 들고

누군가 무엇을 뜨십니까? 물으면

더듬거리다가 여러 가지, 아니, 아무거나

예를 들면 수의*라고 대답하지

모래시계를 뒤집어 놓고

모래들이 위에서 아래로 내려오는 동안

반복 같지만 실은 새 톱니가 새 모래를 물어뜯는

반복, 무수한 익명들의 낮과 밤

온갖 냄새와 잠과 침대와

구두 수선공의 헛수고가 웅웅거리는

모래들의 신음

여기가 어디지?

어디면 어때?

* 찰스 디킨스의 『두 도시 이야기』

나의 화장법

마치 시를 쓸 때처럼
나의 화장법은
먼저 지우기부터 한다

빈자리에 한 꽃송이 피운다

고통이 보석 지팡이가 되고
가난이 장미가 되는 젊음*을 불러온다
신비한 샘물이 새로 차오르는
달의 계단을 즐긴다

기실 시법(詩法)은 길이 없음을 알고 있다
길을 만들려고 할 뿐이다
이게 뭐죠?
어때요?
온몸으로 질문을 던질 뿐이다

오묘한 나만의 이미지와 여백을 만들고
그리고는 누군가 매혹 때문에

한 꽃송이 속에서
그만 길을 잃어버리게 하는 것이다

* 릴케.

겨울 호텔
— 싱트페테르부르크에서

절뚝이며 따라온 달 속에서
밤새 늑대가 울어요
백야처럼 눈부신 무희의 맨발이
하늘도 뚫을 만큼 빛나는 시인의 이름을 불러요

신의 손으로도 만류할 수 없던
미친 사랑의 끝은
왜 고작 결혼이어야 했을까요
번쩍이다 사라지는 오로라일 뿐이었을까요

이 세상에서 죽는다는 것은 새삼스러운 일이 아니지
하지만 산다는 것 역시 더 새삼스러울 것 없는 일이지*

팔목을 가르고 피로 쓴 천재의 절명 시가
차가운 무명 시트처럼 깔려 있는 겨울 호텔

아무것도 없네요
어두운 불빛 속 절뚝이며 따라온 달 속에서
늑대들이 시베리아처럼 울부짖을 뿐……

불을 만지고 노는 여자

여자가 낳은 자식은 여자의 자식, 사내들은 무언가 한 방울 섞었지만
증명할 길이 없어 자신의 성씨(姓氏)를 부여했다.
어머니는 위대하고 모성애는 성스럽다며 굴레 씌어 가두어 버렸다.
— 엥겔스, 엘리자베스 바뎅데르

여자가 시를 쓰는 것은
불을 만지고 노는 것과 같다
몸속에 키운 천둥을 홀로 캐내는 일과 같다
소리 없이 비명처럼 내리는 비로
땅 위에 푸른 계절을 만드는
여자가 시를 쓰는 것은
비상벨을 눌러
감히 신과 키스를 하려는 것과 같다
이것은 죄는 아니지만 위험한 일이므로
문학사는 오랫동안
여자의 시를 역사 밖으로 던져 버렸다
여자의 시는 비와 눈과 안개와 폭풍처럼
천재지변처럼
우주를 떠돌았다
문학사의 낡은 페이지보다

눈부신 처녀럼으로

칸나

칸나를 사러 가네
연애를 해도 외로워
연애도 싫어

사랑은 없고 스캔들만 무성한 시대
정사도 정사도 가뭇없기는 마찬가지여서
나 오늘 칸나를 사러 가네
하늘의 심장을 만지러 가네

사랑은 꼭 신고한 사람과 해야 하나
사랑과 서류와는 상관이 없다고 말하려다
태양의 뿔 하나를 사러 가네

칸나가 핏빛인 것은 우연인가
땅 위의 모든 것이 참 의미심장하네

붓다는 오직 비었다고 했고
야소는 사랑의 죄를 대신 졌지

뜨거운 이 피로 나는 무엇을 좀 해야 하나

칸나를 사러 가네

연애를 해도 외로워

연애도 싫어

루비

핏빛 시간의 꽃
루비!
심장에서 태어나
심장을 태우는
불꽃의 혀

불후의 시집 속에 넣어 두고
불면(不眠)으로 까만 밤
불에 덴 입술로
루비! 루비!
네 알몸을 삼키리라

여시인

여시인으로 사는 것은
몸 없이 섹스를 파는 것인지도 몰라

아무리 깊고 아름다운 시를 써도
사람들은 시보다는
시 속에서 그녀만을 좀 맛보려 하지

그녀의 시 속에
새 아이가 숨 쉬고 있는 것도 모르지

여시인의 독자는 신(神)!
그의 박수가 조금 있기는 하지

나비들을 위한 레퀴엠

한겨울인데 뇌우가 쳤다
벌겋게 달구어진 난로를 맨몸으로 덮고
담요는 짧은 수명을 다하고 말았다
결혼 선물로 받은 꽃담요 속 초원을 날던 나비들이
불속에서 사산한 별똥별처럼 쪼그라들었다

성난 발길이 난로를 걷어차는 순간
광기의 붉은 혀 속으로 꿈 사랑 행복…… 가뭇없는
추상어들이 난분분 난분분 사라졌다

길길이 뛰던 무법자의 발길은
이윽고 어딘가를 향해 유유히 떠나갔다
쾅! 하고 문을 닫는 순간
천 개의 문이 함께 닫혔다

이리도 해맑은 순간이 있다니
폐허에 홀로 선 그녀는 천형의 문자족(文字族)
치유 불능의 표현 욕구에 전신이 떨렸다
이 상징적인 풍경을 어떤 언어로 묘사할까

제목을 부부 싸움이라고 하면 낭만적이고 징그럽다
꽃담요 속 나비들이 소신공양을 마친 겨울 한낮
절묘한 시의 전리품 앞에 서서
그녀는 끝내 발표 안 할 시 쓰기에 골몰했다

두 사람이 같이 산다는 것은 기적이다
날마다 기적을 만들려고 했던 그녀는
마녀처럼 치마를 펼치어 식식거리는 불씨를 덮었다
곁에서 우는 아이들의 손목을 힘주어 잡았다
여기서 살기로 했다
이 무모하고 황홀한 진흙탕을 두고
어디로도 떠나고 싶지 않았다

겨울 사랑

눈송이처럼 너에게 가고 싶다

머뭇거리지 말고

서성대지 말고

숨기지 말고

그냥 네 하얀 생애 속에 뛰어들어

따스한 겨울이 되고 싶다

천년 백설이 되고 싶다

나의 펜

나의 펜은 페니스가 아니다
나의 펜은 피다

하늘이여 새여
먹어라

아나! 여기 있다
나의 암흑
나의 몸
새 땅이다

너에게 주는 선물이다

두 번은 없다

나의 시, 나의 몸

시는 미완(未完)을 전제로 한 언어 예술이다. 시는 사람의 몸처럼 아름다움과 슬픔과 욕망을 지닌 한 송이 꽃이요, 길이다.

나는 나의 몸이며, 나의 길인 나의 시가 화살처럼 날아가 당신의 가슴에 전율로 꽂히기를 바란다. 꽂혀서 한 송이 꽃으로 피어나기를 바란다.

나는 한국이 일본의 식민지에서 해방된 직후 한국 남쪽의 작은 마을에서 태어났다. 3살 때 한국전쟁을 겪었고, 그 후 오늘까지 남과 북으로 분단된 조국에서 살고 있다.

나의 전세대가 일본어로 자신을 표현한 것과 달리 나는 독립된 나라에서 모국어인 한국어로 교육을 받은 첫 세대이다. 어린 시절에는 전쟁이 남긴 수류탄과 탄피를 장난감으로 가지고 놀며 빈곤과 싱처를 도치에서 목격했다. 다행히 나의 부친은 지방 토호로서 합리적인 사고의 소유자였기에 내가 아들이 아닌 딸로 태어났음에도 불구하고 나에게 최상의 교육 기회를 부여했다.

8살 때인가, 할머니가 돌아가셨다. 나는 그때 난생처음으로 인간이 죽는다는 것을 알게 되었다. 장례는 8일 동안 계속되었는데 나는 그때 곡비(哭婢)라는 노비를 처음 보았다. 지금은 없어졌지만 곡비는 무당의 일종으로, 슬픈 유족들을 대신해서 울음을 울어 주는 울음 전문가였다. 내가 듣기로 16세기 스페인에도 플라니데라(pranidera), 즉 고추주머니라는 이름의 곡비가 있다고 들었다. 나는 그때 이 곡비의 울음이 어찌나 슬프던지 온 동네 사람들과 함께 따라 울었던 기억이 생생하다. 그후 이 곡비가 시인이 아닐까 하고 나는 생각했다. 곡비는 세상 사람들의 슬픔을 대신 울어 주는 존재였다. 인간의 슬픔과 고통을 대신 울어 줌으로써 그의 울음의 힘이 신의 경지에까지 오르게 되는 존재라는 생각이 들기도 했다.

나는 12살 때부터 부모를 떠나 홀로 큰 도시의 학교에 유학했는데 해가 질 때면 고향이 그립고 외로워 견딜 수가 없었다. 그때마다 속으로 울며 나는 무언가를 썼다. 선생님은 나중에 그것들을 칭찬하시고 상을 주시었다. 그것이 바로 시라고 했다. 그렇게 시를 쓰기 시작하여 고교 시절에는 많은 문학상을 탔다. 고등학교 학생으로 시집을 출판하여 화제를 모으기도 했다.

나는 시 특기생으로 대학에 특별 전형으로 입학했다. 그러나 나의 대학 시절은 군사 혁명 이후 독재의 부당함에 맞서서 싸우는 학생 시위로 매 학기마다 휴교를 당하지 않으면 안 되었다. 나는 정치의 폭력과 함께 인간의 자유와 존엄에 대해 깊이 고민했다. "어떻게 살 것인가"라는 본질적 문제를 스스로에게 물었다.

대학 졸업 후 곧 결혼을 하여 한 남자의 아내가 되었는데, 결혼은 나에게 여성에게 너무도 불리한 한국 전통사회 관습의 부당함을 현실로 크게 일깨워 주었다. 나는 남성 중심의 관습과 편견에 맞서게 되었고, 진정한 사랑과 개성과 생명의 문제를 더욱 깊이 생각하게 되었다. 그후 나는 많은 페미니즘적인 시를 썼다. 또한 정치와 권력의 폭압에 대해서는 자유와 독립을 부르짖다 감옥에서 자궁 파열로 죽은 일본 강점기 때의 열일곱 살난 처녀 유관순의 죽음을 서사시로 씀으로써 우회적으로 저항했다.

그 서사시중에 「서시」는 지금 대리석 벽에 새기어져 한국 여성 교육의 발상지인 이화여자고등학교 교정에 세워져 있기도 하다. 또한 한국의 설화에 나오는 '도미'라는 이름의 눈 먼 목수를 통해 왕, 즉 절대 권력자가 선량한 백성의 눈을 빼 버리는 폭력의 문제를 시극(詩劇)으로 써서 국립극장을 위시한 여러 극장에서 수차례 공연하기도 했다.

한국은 정치의 혼란 속에서도 유럽이 300년에 걸쳐서 이루어 낸 근대화, 산업화를 불과 20년 동안에 이룩하는 경제 성과를 이룩해 내었다. 하지만 이러한 압축 성장은 이 사회에 어지러운 속도와 치열한 경쟁을 가져왔고, 그것은 사회적 활력과 역동성의 한 단면으로 드러나기도 했지만 결국은 인간소외와 생명 경시, 그리고 공해 문제를 야기시켰다. 지금까지도 인간을 중심으로 한 생명의 문제가 내 문학의 중요한 테마의 하나이다.

나의 고향인 광주에서 일어난 대규모의 민주화 운동에서 시민과 학생들이 피 흘리며 죽어 간 것을 보며 나는 국가와 인간에 대한 본질적인 회의와, 언어의 무력증과 문학에 대한 좌절을 뼈저리게 느끼며 세계를 유목민처럼 떠돈 적도 있다. 어린 날, 홀로 도시에 던져져서 극도의 외로움 속에 빠진 것이 내가 시를 쓴 계기라면, 식민지 이후 전쟁과 분단과 군사독재로 이어진 사회 환경은 나로 하여금 인간의 자유와 생명의 문제에 깊이 눈뜨게 한 좋은 재료가 되었다. 가부장적 전통이 강한 유교 사회에서 살아가는 여성으로서의 제도의 모순을 향한 몸부림을 그 자체로 치르며 나는, 사회적 타자로서의 아픔을 또한 시로 쓸 수밖에 없었다.

공자는 논어에서 "국가 불행 시인행(國家不幸 詩人幸)"이라는 말을 했다. 많은 모순과 비극을 가진 나라와 사회에서 사는 것은 시인에게는 더없는 행운이라는 것이다. 말하자면 나는 문제가 많은 나라에서 태어나 그 비옥한 재료들을 시로 쓰는 행운을 역설적으로 누린 시인인 셈이다.

불교에서 말하는 "하늘 아래 오직 내가 있다(天上天下 唯我獨尊)"라는, 한 존재로서의 존엄과 자유의 대선언을 나는 좋아한다. 돈오(頓悟)와 점수(漸修)의 해탈적 몸부림과, 선(禪)적 사고 또한 나의 문학의 중요한 일부이며 여러 체험에서 강화된 생명 의식과 실존적 자아의식이 나의 시의 주제이다.

시인의 먹어야 할 유일한 음식은 고독이요. 시인이 마실 공기는 자유라고 생각한다.

대지모(大地母)같이 풍염한 에너지를 지닌 시인으로 살고 싶다. 생명의 원형으로서의 모태(母胎)를 지니고 싶다. 어린 날, 우리의 슬픔을 대신 울어 주었던 곡비처럼 나는 인간 속에 내재된 고독과 자유혼을 언어로 끌어내어 아름다운 울음을 울어 주고, 노래 불러 주고 신성한 신의 경지로 가고 싶은 것이다.

* 이 글은 미국 버클리대학 초청 〈한국의 여성시〉(런치 포엄스, 2009.4.2~6) 행사를 기하여 버클리대학 웹사이트에 영문으로 소개된 글이다. 아울러 서울에서 개최된 〈G20 세계 정상회의〉 기념 세계 문학 기행 행사 중, 한국 문학 기행(2010.11.11)에서 발표한 원고의 발췌본이기도 하다.

독창적 연금술의 세 가지 층위

이숭원(문학평론가)

1. 활달한 사유와 당당한 시어

문정희의 시적 사유는 활달하고 시어는 당당하다. 그것은 50년 전 시인으로 출발할 때에도 그러했고 지금도 그러하다. 50년 전에도 그는 "신랑이여/ 너와 나눠 가질 수 없는/ 단 한 방울의 죽음을/ 빛으로 뿌리기 위해// 나는 지금/ 천둥이 되려고 한다"(「만가」)고 말했고 예순이 넘은 나이에 "나를 시인이라고 알지 마라/ 나는 글창녀니라"(「초대받은 시인」)라고 담대하게 외친다. 일흔을 앞둔 나이에도 "나의 펜은 피"(「나의 펜」)라고 밝히며, "심장에서 태어나/ 심장을 태우는/ 불꽃의 혀"(「칸나」)를 갖기를 원한다.

창작의 저력에 관한 한, 시간은 문정희의 작업실을 비껴

간 듯하다. 망설임 없이 토로되는 듯한 그의 시어는 사실
오랜 절제와 숙련의 과정을 거쳐 나온 것이다. 활달하고 당
당한 화법의 내면에는 경건하고 섬세하게 시어를 조탁하는
신중한 손길이 있다. 겉으로 뜨겁고 속으로 서늘한 이중적
조형술은 시에 깊이 젖어드는 사람에게 삽상한 감상의 묘
미를 선사한다. 문정희식 개성으로 뭉친 당당한 창조의 공
력으로 그는 한국시에 새로운 창조의 국면을 열어 보였다.
나는 이 글에서 그의 독창적 창조가 갖는 세 가지 특징을
드러내려 한다.

2. 여성적 생명 의식

초기 시부터 지금까지 그의 시의 수맥을 관통하는 동력
은 '여성적 생명 의식'이다. 이 말은 매우 중요하다. 홑낱말
'여성성'도 아니고 독립된 '생명 의식'도 아니고 여성성과
생명 의식이 결합된 '여성적 생명 의식'을 나는 말한다. 여
성적 생명 의식을 드러내는 데 그는 선구적이었고 그것을
40년 동안 시대의 변화에 맞게 성장시켰다. 여성이니까 여
성적 생명 의식을 표현한 것은 당연하지 않느냐고 생각할
지 모르지만, 다음의 시를 보면 생각이 달라질 것이다.

나는 밤이면 몸뚱이만 남지

시아비는 내 손을 잘라 가고

시어미는 내 눈을 도려 가고

시누이는 내 말(言)을 뺏아 가고

남편은 내 날개를

그리고 또 누군가 내 머리를 가지고

달아나서

하나씩 더 붙이고 유령이 되지

깨소금 냄새 나는

몸뚱이 하나만 남아

나는 밤새 죽지

그리고 아침 되면 다시 떠올라

하루 유령이 내가 되지

누군지도 모르는

머리를 가져간 그 사람 때문이지

　　　　　　　　　　　　　　　—「유령」에서

　이 시가 첫 시집인 『문정희 시집』(1973)에 실려 있으니
20대 시절의 시다. 보수적인 집안에서 시부모를 모시고 사
는 평범한 며느리라면 이 시 하나만으로도 영락없이 파문
을 당했을 내용이다. 그러나 그는 당당히 이 시를 썼다. 이

것은 20대에 시댁에서 신혼 생활을 시작하는 그 시대 여성
의 사회적·실존적 조건을 그내로 형상화한 것이나. 1960년
대에서 70년대 중반까지 소위 여성성이라는 것은 모성적
헌신이라든가 현모양처적 순종과 거의 동일한 개념으로 통
용되었다. 연모하는 남성에게 간곡한 사랑을 호소하고 그
사랑이 전송되지 못하는 것에 대해 절망을 토로하면서 모
성적 견인의 자세로 아픔을 스스로 감싸 안는 것이 그 시
대 여성의 정서였다. 그런데 문정희는 이 시에서 인간의 가
장 기본적이면서도 핵심적인 부분을 착취당하고 유령처럼
떠도는 신혼 여성의 모습을 보여 주었다. "깨소금 냄새 나
는/ 몸뚱이 하나만 남아/ 나는 밤새 죽지"라는 부분에서
에로티시즘의 경계선을 아슬아슬하게 스쳐가면서 육체의
관능적 쾌락도 결국은 존재의 허망함에 봉사하고 있음을
폭로하였다. 이것이 내가 이해한 문정희 시의 여성성이다.
그러면 이 여성성은 생명 의식과 어떻게 연결되는가? 다음
과 같이 연결된다.

풀벌레나 차라리 씀바귀라도 될 일이다
일 년 가야 기침 한 번 없는 무심한 밭두렁에
몸을 얽히어
새끼들만 주렁주렁 매달아 놓고

부끄러운 낮보다는 밤을 틈타서

손을 뻗쳐 저 하늘의 꿈을 감다가

접근해 오는 가을만 칭칭 감았다

이 몽매한 죄

순결의 비린내를 가시게 하고

마른 몸으로 귀가하여

도리깨질을 맞는다

도리깨도 그냥은 때릴 수 없어

허공 한 번 돌다 와 후려 때린다

마당에는 야무진 가을 아이들이 딩군다

흙을 다스리는 여자가 딩군다

—「콩」

　이 시의 '콩'은 농촌 여성의 은유다. "새끼들만 주렁주렁
매달아 놓고" "흙을 다스리는 여자"가 바로 콩이다. 남정
네는 일 년에 한 번 들를까 말까인데 무슨 재주로 몸을 섞
었는지 새끼들을 주렁주렁 매달았다. 그런데 이 '콩'이라는
아낙네도 앞의 시 「유령」의 주인공처럼 밤이면 "손을 뻗쳐
저 하늘의 꿈을" 탐내다가 그 몽매한 죄 때문에 후려 때리
는 도리깨질을 맞는 것이다. 여기에도 물론 동시대의 여성
이 겪는 사회적·실존적 고통이 암시되어 있다. 그런데 이
시는 여성의 사회적·실존적 조건을 이야기하는 차원에서
한 걸음 더 나아가 여성적 생명 의식을 드러낸 데 녹창성
이 있다. 도리깨가 허공 한 번 돌다 와 후려칠 때마다 마당

에는 야무진 가을 아이들이 뒹구는 것이다. 여성이 사회로부터 소외되고 사회적 조건 때문에 고통을 받지만, 그러한 시련을 거쳐 새로운 생명을 생산한다는 자연의 이법을 자연스럽게 드러냈다.

더군다나 "야무진 가을 아이들"이 다음 행에서 "흙을 다스리는 여자"로 전환되는데, 눈부실 정도로 민첩한 이 상징적 비약은 문정희의 선구적 독창성을 전광석화처럼 펼쳐 낸다. '아이'와 '여자'가 대등한 대상이라는 것을 최초로 시로 표현한 것이다. 아이를 낳는 것은 여자고 세상의 모든 아이들은 여자의 속성을 지닌다. 이 등식의 창조는 전례가 없는 것이기에 문학사적 사건이 된다. 더군다나 이 사례가 일회로 그친 것이 아니라 다음과 같이 변형 생성되기에 그것은 분명한 문학사적 사건이다.

가을이 오기 전
뽀뽈라로 갈까
돌마다 태양의 얼굴을 새겨 놓고
햇살에도 피가 도는 마야의 여자가 되어
검은 머리 길게 땋아 내리고
생긴 대로 끝없이 아이를 낳아 볼까
풍성한 다산의 여자들이
초록의 밀림 속에서 죄 없이 천년의 대지가 되는
뽀뽈라로 가서

야자 잎에 돌을 얹어 둥지 하나 틀고

나도 밤마다 쑥쑥 아이를 배고

해마다 쑥쑥 아이를 낳아야지

검은 하수구를 타고

콘돔과 감별당한 태아들과

들어내 버린 자궁들이 떼 지어 떠내려가는

뒤숭숭한 도시

저마다 불길한 무기를 숨기고 흔들리는

이 거대한 노예선을 떠나

가을이 오기 전

뽀뽈라로 갈까

맨 먼저 말구유에 빗물을 받아

오래오래 머리를 감고

젖은 머리 그대로

천년 푸르른 자연이 될까

—「머리를 감는 여자」

뽀뽈라가 어딘지 나는 잘 모르지만 이 시의 전언은 뚜렷
하다. 긴 머리를 감을 수 있는 권한을 가진 사람이 여자이
고 여자만이 아이를 출산할 수 있다는 사실을 시인은 말
한다. 이 시는 여덟 번째 시집 『오라, 거짓 사랑아』(2001)에
수록된 것이고 시인의 오십대 시절의 작품이다. 생물학적

조건으로는 "생긴 대로 끝없이 아이를 낳"을 수 없는 시기의 작품, "밤마다 쑥쑥 아이를 배고/ 해마나 쑥쑥 아이를 낳"을 수 없는 시절의 작품이다. 그러나 이 시를 통해 여성적 생명 의식을 공유한 사람들은 시인의 전언을 이해할 수 있다. "풍성한 다산의 여자들"이야말로 가장 순결한 자연의 이법을 따르는 태초의 아이들이고, "젖은 머리 그대로/ 천 년 푸르른 자연"을 누리는 존재라는 것을. 그러한 자연의 창조적 생명력을 간직한 사람은 인공의 노예선에서 벗어나 태초의 원시림으로 당당히 걸어 들어갈 수 있다. 발가벗은 아이가 되어, 혹은 발가벗은 아이에게 젖을 먹이는 풍요의 모성이 되어. 그리고 아이를 키운 여성은 성장한 아이에게 다음과 같이 여성적 생명성의 중요성을 당당하게 말하게 된다. 이 말이 살아 움직여 세상에 퍼져야 40년 전 유령으로 떠돌던 여성의 사회적·실존적 조건이 타파된다. 매우 강한 폭발력을 내장한 그의 전언은 다음과 같이 부드럽고 전아한 어조로 표현된다.

> 딸아, 아무 데나 서서 오줌을 누지 마라
> 푸른 나무 아래 앉아서 가만가만 누어라
> 아름다운 네 몸속의 강물이 따스한 리듬을 타고
> 흙 속에 스미는 소리에 귀 기울여 보아라
> 그 소리에 세상의 풀들이 무성히 자라고
> 네가 대지의 어머니가 되어 가는 소리를

때때로 편견처럼 완강한 바위에다

오줌을 갈겨 주고 싶을 때도 있겠지만

그럴 때일수록

제의를 치르듯 조용히 치마를 걷어 올리고

보름달 탐스러운 네 하초를 대지에다 살짝 대어라

그러고는 쉬이쉬이 네 몸속의 강물이

따스한 리듬을 타고 흙 속에 스밀 때

비로소 너와 대지가 한 몸이 되는 소리를 들어 보아라

푸른 생명들이 환호하는 소리를 들어 보아라

내 귀한 여자야

─「물을 만드는 여자」

　땅에 대고 오줌을 잘 누는 사람은 남자지만 남자가 자신의 오줌발과 오줌 누는 소리로 생명의 원리를 형상화한 사례는 없다. 그것은 남성의 생명적 사유가 지닌 근원적 한계 때문이다. 남자는 자기 몸속에 생명을 잉태해 본 사실이 없고, 몸 안에서 생명체를 길러 본 적도 없으며, 고통을 참고 생명체를 출산해 본 경험도 없다. 자신의 몸에서 분비되는 물질로 어린 생명체의 식욕을 풀어 준 일도 없다. 그러기에 「물을 만드는 여자」라는 아름다운 제목의 시는 그의 스승 미딩도 쓸 수가 없다.

　물은 생명의 근원이고 메마른 것을 적셔 주는 물질이다.

여자는 단순히 오줌을 배설하는 인간이 아니라 대지에 생명의 물줄기를 공급하는 존재다. 이미 여자의 몸속에 강물이 흐르고 그 강물은 "따스한 리듬을 타고" 흙 속에 스며들어 세상의 초목을 자라게 한다. "제의를 치르듯 조용히 치마를 걷어 올리고/ 보름달 탐스러운 네 화초를 대지에다 살짝 대어라"에서 여자의 그 부분을 '보름달 탐스러운 화초'로 비유한 대목은 매우 놀랍다. 아름다운 화초에서 나오는 강물이 따스한 리듬과 함께 대지에 스며들고 대지의 어머니가 보내는 선물에 푸른 생명들이 환호하는 소리를 듣는다. 이 장면이야말로 인간과 대지가 한 몸이 되는 순간일 것이다. 이것은 남성들이 체험할 수 없는 여성들만의 형질 유전이다. 이것은 남자들이 딸을 낳아 아버지가 될 때 "딸의 아랫도리를 바라보며/ 신이 나오는 길을 알게 된다"(「남자를 위하여」)는 표현보다 더욱 풍성한 육체를 거느린다.

3. 독창적 표현 능력

여성이라고 해서 모든 시인이 이런 시를 쓸 수 있는 것은 아니다. 여성적 생명 의식을 독창적인 언어로 창조해 낼 때 비로소 그것은 문학사의 사건으로 자리 잡는다. 이제 나는 그의 독창적 표현 능력을 말해야 할 자리에 이르렀다. 그런데 그의 표현의 독창성도 여성적 생명 의식과 긴밀하게 연결되어 있다는 점이 중요하다. 이 둘은 사실 한 몸의 겉과 속이고 한 얼굴의 정면과 측면이다. 남성 중심 사회의 틀에 박힌 인식 방법에서 벗어나 여성의 독자성을 드러내려 할 때 평범한 인습을 부러뜨리는 반어의 어법이 형성된다. 섬세하면서도 대담한 상상의 전환이 이루어지는 것이다.

한 번도 꺼내지 않았던 슬픔
끝내 입 다물고 떠나리
마지막 햇살에 떨고 있는
운명보다 더 무서운 이 살 이끌고

단 한 번의 자유를 위해
머리에 심은 뿔, 고목처럼 그대로 주저앉히고
보이지 않는 피의 거미줄에 걸린
흑인 오르페처럼 떠나리
어쩔 수 없다
눈에서 떨어지는 누우런 불덩이
저 하늘 이것 하난
용납하시리
실은 이미 순하게 꿈에 들었고
삐걱삐걱 뼈로만 그저 걸어서
한 번 가면 다시는 오기 힘든 곳으로

떠나가는 소야! 소야!

여기 나는 이떤 모습이냐?

―「소」

두 번째 시집 『새떼』(1975)에 실린 시다. 이십대 시절의
작품이지만 이 시의 화자는 중성적이고 어조는 소의 움직
임처럼 절도 있고 과묵하다. "한 번도 꺼내지 않았던 슬
픔/ 끝내 입 다물고 떠나리" 같은 시행은 20대의 여성 시
인에게서 쉽사리 찾아보기 힘든 절제의 표현이다. "운명보
다 무서운 이 살"이라는 시행은 소의 운명을 집약적으로
드러낸다. '이 살'이 없었다면 소가 자신의 자연 수명을 다
하지 못하고 목숨을 빼앗기는 일은 없었을 것이다. 평생 슬
픔을 드러내지 않던 소이니 아무런 내색도 하지 않고 죽
음을 맞이하려 하지만 역시 마지막 순간에는 햇살에 살이
떨리는 두려움의 시간이 온다. 운명의 끝판에 소도 마지막
눈물을 흘린다. 그러나 그 묘사도 절대 감상적이지 않다.
"눈에서 떨어지는 누우런 불덩이"라고 잠시 감정을 드러내
는 듯하다가 어느새 감정을 수습하여 "저 하늘 이것 하나/
용납하시리"라고 마무리를 짓는다.

"운명보다 무서운 이 살"이 소의 속성을 잘 드러내듯
"삐걱삐걱 뼈로만 그저 걸어서"도 소의 마지막 모습의 비극
성을 잘 드러낸다. 농사일로 뼈마디가 굵어진 지친 소의 보
행이 눈에 그려진다. 죽음의 세계로 힘겹게 발을 옮기는 소

를 보여 주다가 갑자기 화자는 시선을 바꾸어 "여기 나는 어떤 모습이냐?"고 소에게 묻는다. 이 물음은 소를 화자의 모습으로 순식간에 변화시킨다. 이 시행 하나로 시 전체가 대단한 변화를 일으킨다. 운명보다 무서운 삶을 이끌고 삐걱삐걱 뼈로만 걸어간 것은 소가 아니라 화자 자신이었던 것이다. 그는 소를 통해서 자기 자신을 본 것인데, 이십대의 여성 시인이 자신의 모습을 도살장에 끌려가는 뿔 달린 소로 인식한 반어적 표현의 독창성은 지금 다시 읽어도 새롭다. 문정희 특유의 반어의 어법은 시간이 지날수록 진화하여 다음과 같이 놀랍도록 활달한 어법을 창조하는데, 이 시에 많은 사람들이 저마다 경탄하였음은 두말할 필요가 없다.

세상의 사나이들은 기둥 하나를
세우기 위해 산다
좀 더 튼튼하고
좀 더 당당하게
시대와 밤을 찌를 수 있는 기둥

그래서 그들은 개고기를 뜯어 먹고
해구신을 고아 먹고
산삼을 찾아
날마다 허둥거리며

붉은 눈을 번득인다

그런데 꼿꼿한 기둥을 자르고
천 년을 얻은 사내가 있다
기둥에서 해방되어 비로소
사내가 된 사내가 있다

기둥으로 끌 수 없는
제 눈 속의 불
천 년의 역사에다 당겨 놓은 방화범이 있다

썰물처럼 공허한 말들이
모두 빠져나간 후에도
오직 살아 있는 그의 목소리
모래처럼 시간의 비늘이 쓸려 간 자리에
큼지막하게 찍어 놓은 그의 발자국을 본다

천 년 후의 여자 하나
오래 잠 못 들게 하는
멋진 사나이가 여기 있다
　　　　　　　　　──「사랑하는 사마천 당신에게」

그는 「나는 나쁜 시인」에서 스스로를 민중과 역사를 외

면하고 부패한 중세 귀족이 남긴 아름다운 유적에 매혹을
느끼는 '나쁜 시인'이라고 고백했다. 그러나 맹목의 탐닉으
로 보이는 낭만적 유미주의의 근간에는 삶의 극점에서 진
실을 택한 자를 추앙하는 올곧은 인간관이 도사리고 있었
다. 이 작품의 생명력은 '기둥'이 지닌 이중적 의미를 창조
적으로 전환한 데서 솟아난다. 세상의 속류 남성들이 남근
이라는 기둥을 단단하게 세우기 위해 온갖 수선을 다 피우
고 있는데, 이천 년 전의 진짜 남자 사마천은 자신의 기둥
을 잃은 상태에서도 역사의 기둥을 세우는 작업을 묵묵히
수행했다. "기둥에서 해방되어 비로소/ 사내가 된 사내"를
문정희는 역사의 갈피에서 찾아낸 것이다. 이러한 문정희의
새로운 발견과 해석에 세간의 남자들도 "좀 더 튼튼하고/
좀 더 당당하게/ 시대와 밤을 찌를 수 있는 기둥"이 무엇
인가를 새삼 깨닫게 되었으니 이 시의 교훈적 효과도 깊이
음미해 볼 만하다.

그의 반어적 표현의 묘미가 충분히 발휘되는 것은 뭐니
뭐니 해도 연가류의 작품이다. 그의 연시는 점착력 있는
시어와 반어적 표현의 황홀한 묘미로 인해 관능적 쾌감을
선사한다. 그의 표현 미학이 창조한 황홀하면서도 비극적
인 유미주의의 관능은 다음과 같은 시에 아름답게 용해되
어 있다.

한겨울 못 잊을 사람하고

한계령쯤을 넘다가
뜻밖의 폭설을 만나고 싶다
뉴스는 다투어 수십 년 만의 풍요를 알리고
자동차들은 뒤뚱거리며
제 구멍들을 찾아가느라 법석이지만
한계령의 한계에 못 이긴 척 기꺼이 묶였으면

오오, 눈부신 고립
사방이 온통 흰 것뿐인 동화의 나라에
발이 아니라 운명이 묶였으면

이윽고 날이 어두워지면 풍요는
조금씩 공포로 변하고, 현실은
두려움의 색채를 드리우기 시작하지만
헬리콥터가 나타났을 때에도
나는 결코 손을 흔들지는 않으리
헬리콥터가 눈 속에 갇힌 야생조들과
짐승들을 위해 골고루 먹이를 뿌릴 때에도……

시퍼렇게 살아 있는 젊은 심장을 향해
까아만 포탄을 뿌려 대던 헬리콥터들이
고라니나 꿩들의 일용할 양식을 위해
자비롭게 골고루 먹이를 뿌릴 때에도

나는 결코 옷자락을 보이지 않으리

아름다운 한계령에 기꺼이 묶여

난생 처음 짧은 축복에 몸 둘 바를 모르리

　　　　　　　　──「한계령을 위한 연가」

　폭설을 만나 사람들은 아우성치고 자동차는 야단법석
이지만 나는 사랑하는 사람과의 잠적, 그 '눈부신 고립'을
예감하며, "한계령의 한계에 못 이긴 척 기꺼이" 묶이겠다
는 생각을 한다. 이 부분의 반어적 언어 구사는 참으로 경
탄할 만하다. 넘지 말아야 할 경계를 한계령의 고립 때문에
자연스럽게 넘게 될 때의 그 설렘과 떨림과 기쁨이 이 시
구에 은밀하게 함축되어 있다. 더군다나 살벌한 폭우로 외
부와 두절된 것이 아니라 동화의 나라 같은 백설의 세계에
묻히게 되었으니 이것은 그야말로 축복이라 할 만하다. 이
러한 사랑의 탐닉에는 죽음의 공포라든가, 현실적 조건에
대한 두려움은 스며들 여지가 없다. 비록 이 황홀함이 지극
히 짧은 쾌락의 극점에서 종결된다 하더라도 그는 결코 세
상을 향해 손을 흔들거나 옷자락을 보이지 않고 "난생처음
짧은 축복에 몸 둘 바를 모르리"라고 노래한다.

　사람은 모두들 순간의 향기에 영주하고 싶어 하지만 가
변적 세계의 허망함은 그것을 허락하지 않는다. 그러기에
단 한순간만이라도 온몸을 뒤흔드는 사랑의 황홀함에 빠
져들고 싶어 한다. 비록 그다음에 이전보다 더욱 참혹한 재

앙의 시간이 이어진다 하더라도 순간의 황홀경에 탐닉하고 싶은 것이 낭만적 유미주의자의 태도다. 비로 이런 사랑을 꿈꾸고 그것을 시로 노래하기 때문에 그의 연시에는 "참혹한 소모", "참혹한 상승과 몰락", "천길 벼랑으로 떨어지는 황홀한 몰락" 등의 구절이 자주 나타난다. 그만큼 그가 생각하는 사랑은 비극적인데 그 비극적 사랑은 굉장한 열기와 고차원의 순도를 동반하고 있다. 뜨겁고 순정하고 깊은 사랑이 아니라면 그것은 참혹한 소모나 황홀한 몰락으로 이어지지 못한다. 쾌적한 안착, 편안한 거주로 이루어지는 사랑은 비극적이지는 않지만 진실하다는 느낌은 주지 못할 것이다.

4. 실존적 자아의식

문정희 시의 세 번째 독창적 광휘는 실존적 자아의식이다. 그의 연시의 표현 미학이나 여성적 생명 의식은 시인이 지닌 인간으로서의 자기 존재성과 긴밀히 연결되어 있다. '나는 무엇인가'라는 물음에서 시작(詩作)의 직경과 원주가 구성된다. 그는 초기 시부터 자신의 존재를 민감하게 의식하되 그것을 평범한 자의식의 차원을 넘어서서 여성이라는 사회적·실존적 조건에 바탕을 둔 자기 확인으로 전이시켰다. 여성적 존재성은 한편으로는 여성적 생명 의식으로 번어 갔지만 또 한편으로는 실존적 자아의식으로 성장했다. 자신을 몸뚱이만 남은 유령으로 인식한다든가, 죽음의 문턱으로 가는 소에게 "여기 나는 어떤 모습이냐?"고 묻는 그 당돌성이 바로 실존적 자아의식이 머리를 내민 단초들이다.

젊음의 열정이 삭아 어머니의 나이가 되었을 때 흙으로 돌아가는 어머니를 "어머니는 좋은 낙엽이었습니다"(「편지」)라고 담담히 말할 수 있을 때, 실존적 자아의식은 문정희 개인의 울타리를 벗어나 여성 일반의 보편적 자아의식으로 전환된다. 더 나아가 이순이 저만큼 보이는 나이에 거울에 비친 자신의 알몸을 보고 "나의 방앗간, 나의 예배당이여"(「다시 알몸에게」)라고 말할 때, 의미의 진폭이 유달리 큰 그 발언은 여성의 몸을 지닌 모든 존재에게 자아 확인의 복음을 전하는 여사제의 육성을 연상시킨다. 아무리 세월이 흘러도 여성의 몸은 곡식을 찧고 빻아 먹을 수 있는 형태로 바꾸는 방앗간이고, 미래를 예비하며 영혼을 정화하는 예배당으로 남아 있어야 한다는 간절한 소망의 표현이기도 하다. 다른 시인들에게서 좀처럼 찾아보기 힘든 여성으로서의 실존적 자아의식이 자연의 육체를 만나 신비스러운 영성(靈性)을 획득할 때, 다음과 같은 조용하면서도 단호한 언어가 창조된다.

나의 신은 나입니다. 이 가을날

내가 가진 모든 언어로

내가 나의 신입니다

별과 별 사이

너와 나 사이 가을이 왔습니다

맨 처음 신이 가지고 온 검으로

자르고 잘라서

모든 것은 홀로 빛납니다

저 낱낱이 하나인 잎들

저 자유로이 홀로인 새들

저 잎과 저 새를

언어로 옮기는 일이

시를 쓰는 일이, 이 가을

산을 옮기는 일만큼 힘이 듭니다

저 하나로 완성입니다

새 별 꽃 잎 산 옷 밥 집 땅 피 몸 물 불 꿈 섬

그리고 너 나

이미 한 편의 시입니다

비로소 내가 나의 신입니다. 이 가을날

—「사람의 가을」

나와 너, 생명 가진 것이든 생명 없는 것이든, 우리가 대상화할 수 있는 모든 것은 독립된 개별적 존재요 별이요 시이며 신이라는 인식. 그는 여기에 도달하였다. 낱낱이 하나이며 자유로이 홀로인 모든 개별적 존재는 우리가 기립해 맞이해야 할 고유한 가치를 지닌 한 편의 시(詩)인 것. 그런 관점에서 보면 자연과 인간사를 변형하여 인위적인 시를 쓴다는 것은 자기중심적인 허구적 유희에 불과할 수가 있다. 모든 자아가 하나로 완성되어 있고 너, 나, 꽃, 달, 별, 물이 이미 한 편의 시이고 신이라면, 자연 전체와 합일된 자아는 어머니가 아이를 낳듯 자신의 분신인 시를 생산할 수 있다. 그는 어머니의 죽음에 접하여 다시 어머니를 낳는 독특한 상상을 한다. 이것은 여성 존재성의 역사적 계승을 상징한다.

어머니가 죽자 성욕이 살아났다
불쌍한 어머니! 울다 울다
태양 아래 섰다
태어난 날부터 나를 핥던 짐승이 사라진 자리
오소소 냉기가 자리 잡았다

드디어 딸을 벗어 버렸다!
고려야 조선아 누대의 여자들아, 식민지들아
죄 없이 죄 많은 수인(囚人)들아, 잘 가거라
신성을 넘어 독성처럼 질긴 거미줄에 얽혀
눈도 귀도 없이 늪에 사는 물귀신들아
끝없이 간섭하던 기도 속의

현모야, 양처야, 정숙아,

잘 가거라. 자신을 통째로 죽인 희생을 채찍으로

우리를 제압하던 당신을 배반할 수 없어

물밑에서 숨 쉬던 모반과 죄책감까지

브래지어 풀듯이 풀어 버렸다

어머니 장례 날, 여자와 잠을 자고 해변을 걷는 사내여

말하라. 이것이 햇살인가 허공인가

나는 허공의 자유, 먼지의 고독이다

불쌍한 어머니, 그녀가 죽자 성욕이 살아났다

나는 다시 어머니를 낳을 것이다

—「강」

한국 사회에서 어머니는 구조적으로 강요된 여성적 질
곡의 희생자 자리에 놓여 있었다. 어머니는 스스로 희생자
라는 사실도 인지하지 못한 채 자신의 삶을 표준으로 알
고 후손들에게 자신의 길을 권유하기도 했다. 이것은 하나
의 비극이다. "독성"이 "신성"으로 전도되는 역사의 모순을
누대에 걸쳐 계승해 온 것이다. "죄 없이 죄 많은 수인들"이
라는 말은 수없이 많은 절절한 사연을 절묘하게 압축한 명
구다. 이 구절은 세계 모든 여성들의 삶에 두루 해당하는
깊은 역사적 통찰을 내포한다.

죄 없이 죄 많은 수인의 하나인 어머니가 세상을 떠났는

데 왜 "성욕"이 살아난 것일까? 이 "성욕"은 무슨 의미를 지닌 것일까? 시인은 어머니를 "태어난 날부터 나를 핥던 짐승"이라고 했다. 여성이 아니면 나올 수 없는 표현이다. 우리 남성이 언제 어미 개처럼 우리 아이들을 핥은 적이 있었던가? 같은 여성이라고 해도 누구에게서나 나올 수 있는 표현이 아니다. 여성적 생명 의식이 육화되어야 나올 수 있는 표현이다. 시인은 나를 핥던 짐승이 사라진 자리에 "오소소 냉기가 자리 잡았다"고 했다. 그는 사유와 성찰의 결과 도달한 자신의 모습을 "허공의 자유, 먼지의 고독"이라고 일컬었다. 죄 없이 죄 많은 수인의 자리로 이어져 온 구속의 연쇄에서 벗어났으니 허공의 자유를 얻은 것이고, 도도하게 이어져 온 역사의 줄기를 부정하고 자신의 삶을 새롭게 살겠다는 결의에 이르렀으니 먼지처럼 작은 존재의 고독에 직면하게 된 것이다. 허공의 자유, 먼지의 고독이 그가 새롭게 얻은 성욕의 실체다. 이제 진정으로 자유로우나 진정으로 고독한 사랑의 길을 가야 하는 것이다.

사랑의 성욕에 의해 그는 "다시 어머니를 낳을 것"이라고 했다. 하나의 생명의 탄생이 또 다른 생명의 탄생으로 이어지는 무한한 역사적 연속성을 염두에 두었기에 시인은 어머니를 낳겠다고 말한 것이다. 그래서 제목도 "강"으로 정했다. 강은 바로 그 무한한 역사적 연속을 상징하는 실제다. 새로운 성욕에 의해 태어나는 어머니는 과거 죄 많은 수인으로서의 어머니가 아니라 생명 탄생의 주체로서의 어머니, 허공의 자유와 먼지의 고독의 실체로서의 어머니, 자신의 삶을 혼자 책임지는 어머니다. 새롭게 탄생한 어머니의 강이 이어질 것이다. 이것은 한 시인이 자각한 여성 생명에 대한 눈부신 실존적 각성이다.

문정희는 머물러 있는 시인이 아니다. 지금까지 그가 쌓아 온 세 가지 층위가 자연스러운 동력이 되어 새로운 창조의 길을 열어 갈 것이다. 50년 동안 그의 사유와 언어가 활달하고 당당하였으니 앞으로도 그러할 것이고, 지금까지 누가 그에게 길을 일러 준 바 없으니 앞으로도 "자유로이 홀로" 자신의 길을 열어 갈 것이다. 우리는 그렇게 믿는다. 엘리엇(T. S. Eliot)의 말을 빌리면, "미래의 시간은 과거의 시간 안에 포함되어 있는"(Time future contained in time past.-*Four Quartets*) 것이기에.

시집

문정희 시집 (1973)

새떼 (1975)

혼자 무너지는 종소리 (1984)

찔레 (1985)

아우내의 새 (1986. 장시집)

하늘보다 먼 곳에 매인 그네 (1988)

별이 뜨면 슬픔도 향기롭다 (1993)

구운몽 (1994, 시극집)

남자를 위하여 (1996)

오라, 거짓 사랑아 (2001)

양귀비꽃 머리에 꽂고 (2004)

나는 문이다 (2007, 2016)

다산의 처녀 (2010)

카르마의 바다 (2012)

응 (2014)

번역 시집(9개 언어 11종 출간)

Windflower (Wolhee Choe, RobertHawks 옮김), 2004, Hawkspublishing, 뉴욕.

Die Mohnblume im Haar (서정희, Sophia Tjonghi 옮김), 2007, Edition Peperkorn, 뮌헨.

Woman on the Terrace (김성곤, Alec Gorden 옮김), 2007, White fine Press 뉴욕.

Song of Arrows (Silke Liria Blumbach 옮김), 2007, Ditet e Naimit, 마케도니아 테토보.

Celle qui mangeait le riz froid (김현자 옮김), 2012, Bruno Doucey, 파리.

Aang till gryningen (Lars granstrom 옮김), 2012 Dikter, 스톡홀름.

Yo soy Moon (전경아 옮김), 2014 Huerga & Fierro, 마드리드.

Perempuan yang Membuat Air (전태현 옮김), 2014, Gramedia, 자카르타.

I must be the Wind (Clare You, Richard Silberg 옮김), 2014, White pine Press, 뉴욕.

Вслед за ветром바람의 눈을 따라 (Ekamepuha 옮김), 2015, Рудомино, 모스크바.

今、バラを摘め (한성례 옮김), 2016, 시쵸사(思潮社), 도쿄.

문정희   1947년 전남 보성에서 태어나 서울에서 성장했다.
1969년 《월간문학》 신인상으로 등단했으며,
시집 『오라, 거짓 사랑아』, 『양귀비꽃 머리에 꽂고』, 『나는 문이다』,
『다산의 처녀』, 『카르마의 바다』, 『웅』 등과 시선집 『지금 장미를 따라』 등이
있다.
영역 시집 『Woman on the Terrace』를 비롯하여 프랑스어, 독일어, 스웨덴어,
스페인어, 인도네시아어, 알바니아어 등으로 번역 출판되었다.
현대문학상, 소월시문학상, 정지용문학상, 현대불교문학상,
천상병시문학상, 동국문학상, 육사시문학상, 한국예술평론가협회 '최우수
예술가상', 마케도니아 테토보 세계 시인 포럼 '올해의 시인상', 스웨덴
'시카다상' 등을 수상했다.
고려대 문예창작과 교수를 거쳐 현재 동국대 석좌교수로 있다.

지금 장미를 따라

1판 1쇄 펴냄 2016년 5월 27일
1판 4쇄 펴냄 2019년 3월 11일

지은이 문정희
발행인 박근섭, 박상준
펴낸곳 (주)민음사

출판등록 1966. 5. 19. (제16-490호)
서울특별시 강남구 도산대로1길 62(신사동)
강남출판문화센터 5층 (우편번호 06027)
대표전화 515-2000 / 팩시밀리 515-2007
www.minumsa.com

ISBN 978-89-374-3296-5 (04810)